KB062434

로크미디어가
유혹하는
재미있는 세상
ROK
MEDIA
로크미디어

이것이 삶이다

이것이 법이다 130

2022년 2월 4일 초판 1쇄 인쇄
2022년 2월 9일 초판 1쇄 발행

지은이 자카예프
발행인 김정수 강준규

기획 이기헌 왕소현 박경무 강민구
책임편집 최전경
마케팅지원 배진경 임혜솔 송지유 이영선

발행처 (주)로크미디어
출판등록 2003년 3월 24일
주소 서울시 마포구 성암로 330 DMC첨단산업센터 318호
Tel (02)3273-5135 **편집** 070-7863-8592 **Fax** (02)3273-5134
홈페이지 rokmedia.com **E-mail** rokmedia@empas.com

값 8,000원

ISBN 979-11-354-7344-9 (130권)
ISBN 979-11-255-9575-5 04810 (세트)

이것이 법이다

130

자카예프 장편소설

이 소설은 픽션입니다.
등장하는 인물 및 지명 등은 현실과 연관이 없습니다.
또한 소설 내에 나오는 법이나 법리 해석의 경우에도 대중문학의 극적 전개를 위하여 일부분 과장되거나 변형된 것이 존재하니 실제 법과 혼동하지 않으시길 바랍니다.

CONTENTS

호족이 사라진 줄 알았니

사람은 은퇴를 하기 마련이다.

그리고 한국에서 베이비 부머 세대라고 불리는 사람들은 이제 은퇴를 할 시기가 되었다.

그들은 한국의 성장을 이끌었고 지금의 한국을 만들었으며 이제는 쉴 때가 되었다.

“하지만 그게 쉽지는 않지.”

김성식이 직접 가지고 온 사건.

평소에는 노형진이 기획 소송을 할 일거리를 가지고 오지만 그렇다고 해서 다른 사건이 없는 건 아니다.

“아마 자네들은 잘 모를 테지만.”

“솔직히 이해가 안 가기는 합니다. 저희 같은 경우는 도시에서 태어나서 도시에서 자란 세대니까요."

노형진은 솔직하게 말했다.

김성식 역시 베이비 부머 세대의 끝자락에 있는 사람이었다.

그래서 세대 차이가 날 수밖에 없었다.

"그리고 우리 입장에서는 말이야, 도심이 그다지 반갑지는 않아. 사람이 어린 시절에 만들어진 일종의 마음의 고향이라고 할까, 그런 게 도시는 아니거든. 도리어 우리가 도시를 만들었지."

"그 말씀은 맞습니다."

도시에서 나고 자란 게 아니라 그 도시를 만든 게 바로 베이비 부머 세대다.

그리고 김성식은 그런 베이비 부머 세대의 문제를 집단소송으로 삼기로 한 것이다.

"내 주변에서도 한 명씩 은퇴하는 놈들이 나오는데 아주 머리가 아파 죽을 모양이더군."

"은퇴요? 그래도 너무 빠른 거 아닌가요?"

"정년퇴직까지 버티기에는 이 세상이 호락호락하지 않지."

씁쓸하게 웃는 김성식.

세상은 피라미드 형태다. 누군가가 올라가면 누군가는 떨어져야 한다.

"그런 녀석들은 보통 시골로 많이 낙향하지. 자네들 부모

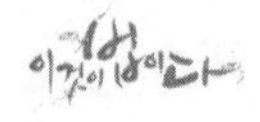

님은 그런 말씀 안 하시던가?"

"저희 아버님은 벌써 시골에 계십니다."

"저희 부모님도 그러시더라고요, 다 팔고 시골로 가고 싶다고."

"그래, 그게 우리 세대의 공통점이야."

도시에 지쳐서 마음의 고향이었던 시골로 가고 싶어 하는 것.

"그런데 문제는 시골의 텃세란 말이지."

"텃세라……. 확실히 기획 소송으로 삼을 만큼 사건이 많기는 하겠네요."

텃세란 먼저 자리를 잡은 사람이 나중에 들어온 사람을 배척하는 행동을 말한다.

물론 인간의 본성이나 마찬가지다.

기존에 있던 사람은 기득권층이고, 그다음 사람에게 뭐든 뜯어먹고 싶은 거니까.

"문제는 그게 심하다는 거지. 그리고 그럴 상황이 아니라는 것도 문제고. 하지만 이런 텃세 때문에 시골로 내려가는 낙향 70% 이상이 실패하지."

국가에서는 이러한 낙향 효과를 반길 수밖에 없다.

한국은 심하게 한쪽이 성장한 형태다.

대도시는 크고 화려하지만 시골은 제대로 된 공중화장실 하나 없는 수준이다.

그 문제를 해결하기 위해서는 인구가 고르게 퍼져야 하는

데, 현실적으로 불가능하다.

"하지만 은퇴한 베이비 부머 세대는 스스로 시골에 내려가니까."

거기다가 그들은 돈을 가지고 있고 그 돈을 그 지역에서 쓴다. 자연스럽게 그 지역은 발달하고, 그곳에서 돈을 벌기 위해 청년들이 들어온다.

그게 가장 이상적인 구조이다.

"하지만 대부분은 텃세에 못 이겨서 3년을 못 살더군."

질려 버린 사람들이 다시 도시로 돌아가 버리니 당연히 제대로 돈이 돌거나 자리 잡힐 리가 없다.

"동창회에서 그 이야기가 나오더군. 텃세를 잡아 줄 수 있으면 좋겠다고. 특히 한오성이라는 친구가 심하게 당하는 모양이야."

"흠……."

노형진은 턱을 문질렀다.

확실히 문제라는 건 그도 알고 있었다.

"텃세라는 게 심하기는 하지요."

"자네 아버지는 당하지 않으셨나?"

"안 당하기는요. 심하게 당했습니다."

"네?"

모두 놀랍다는 표정이 되었다.

노형진의 아버지인 노문성은 지금 잘 자리 잡고 살고 있고 노형진의 투자 덕분에 어마어마한 부자가 되었으니까.

"텃세라는 게 돈이 많거나 성격이 좋다고 피할 수 있는 게 아니더라고요."

돈이 많으면 더 많이 뜯어먹을 수 있다고 생각하고, 성격이 좋으면 호구라고 생각한다.

"확실히 그래요. 제가 아는 친척분도 낙향하셨거든요."

무태식 변호사도 자신이 들은 이야기를 해 줬다.

"돈이 있는 분이라 이것저것 사셨지요."

사실 시골에서 제대로 된 농기계를 비치한다는 건 절대 쉽지 않다.

농사짓는다고 무시할지 모르지만 농기계라는 건 어지간한 고급 중형차 한 대 값과 비슷할 정도로 비싼 가격을 자랑한다.

가령 가장 만만한 경운기도 보통 300만 원은 줘야 하고, 가장 흔하게 쓰는 트랙터 같은 경우도 3천만 원은 줘야 살 수 있다.

농사를 지으려면 용도에 따라 장비가 다르니 시골에서 그걸 다 배치하는 것은 절대 쉬운 일이 아니다.

"그 친척분은 사람들이랑 친하게 지내려고 그걸 다 사셨답니다. 돈이 있으니까요."

다른 사람들에게 없는 걸 자기가 빌려주면 친하게 지낼 수 있지 않을까 하고 생각한 것이다.

그 나름대로 텃세를 이겨 내기 위해 머리를 쓴 것이었다.

"하지만 현실은 시궁창이라고 하더군요."

무태식의 친척 어르신은 그렇게 장비를 맞춰 갔지만 텃세는 텃세대로 당하고 일은 일대로 실컷 하고 감사하다는 말 한마디도 못 들어서, 나중에는 자신이 낙향한 건지 이 사람들의 노예로 온 건지 알 수가 없는 지경이 되었다고 한다.

결국 화가 나서 한 소리 했더니 온 동네가 똘똘 뭉쳐서 사람 취급도 안 하더란다.

"결국 장비고 뭐고 다 팔고 그냥 나오셨습니다."

무태식의 말에 노형진은 고개를 끄덕거렸다.

이해가 간다는 표정이었다.

"저희 아버지도 비슷하게 당하셨죠. 좀 다르기는 하지만."

노문성의 경우는 농사를 지으려고 내려간 게 아니라 말 그대로 시골에서 살기 위해 내려간 것이기에 딱히 밭이나 농기계를 사거나 하지는 않았다.

하지만 집 하나는 넓고 좋게 지었고 정원까지 예쁘게 꾸며서 살고 있다.

"돈이 있다고 판단했는지 아주 노골적으로 요구했습니다."

무슨 마을 행사만 있으면 와서 찬조라는 이름으로 돈을 요구했고 그 돈을 어떻게 쓰는지도 알려 주지 않았다고 한다.

"그래? 그걸 자네가 그냥 뒀나?"

"아니요. 그냥 안 뒀지요. 그냥 뒀으면 아버지가 거기서 사실 수 있었겠습니까?"

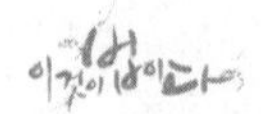

"하긴 그렇군."

그 사실을 안 노형진이 변호사 명함을 흔들며 한 번만 더 이딴 짓거리를 하면 전쟁하겠다고 협박 아닌 협박을 하고 나서야 돈을 요구하는 행동을 멈췄다고 한다.

"결국 나중에 이장이 바뀌고 나서야 그 동네 사람들하고 친해졌지요."

"이장?"

"시골 이장은 권력자 그 자체입니다. 과거로 치면 일종의 호족 같은 거지요."

"이장은 단순히 업무 대행자 아닌가요?"

고연미 변호사는 고개를 갸웃했다.

하긴 그녀는 시골에서 살아 본 적이 없는 완전 도시민이니까 모를 수밖에 없다.

"사실은 그게 정상입니다. 하지만 한국 사람들이 완장질에는 도가 트지 않았습니까?"

원래 이장이라는 것은 권력자가 아니다.

그 지역 사람들을 대신해서 일을 도와주고 행정 처리를 해주는 사람이다.

"하지만 한국 사람들은 뭐라도 하나 직함을 얻으면 완장질을 하지요. 심지어 9급 공무원도 완장질 한다는 소리, 못 들어 보셨습니까?"

"그건 들어 봤네요."

"딱 그 짝입니다. 사실 이장직이라고 해 봤자, 우리 입장에서는 그다지 의미가 없지 않습니까?"

하지만 시골에서는 잘 모르는 사람들이 이장이라고 하면 무슨 권력가쯤 되는 줄 안다.

실제로 시골에서는 권력을 가지고 휘두른다.

"시골에서 텃세는 대부분 이장의 성향에 따른다고 하더군요."

이장이 텃세가 심하고 욕심이 많으면 그 지역에서도 텃세를 부리고, 이장이 젊고 깨어 있어서 사람들을 받아들이려고 하면 지역도 그렇게 바뀐다.

"지역 대통령쯤 된다는 느낌이네요."

"틀린 말은 아닙니다."

노형진은 턱을 문지르며 말했다.

"하지만 시골의 상당수의 이장은 텃세를 통해 뭔가를 뜯어내려고 하지요."

실제로 자기 지역에 들어온 공장을 협박해서 몇천만 원을 뜯어내거나 장례차를 막는 경우도 있었다.

그런 걸 할 때 제일 앞에 나서는 게 바로 이장이다.

심지어 해수 담수화 시설로 물을 만들어 쓰는 섬에서 낙향한 사람에게 돈을 요구했다가 거절당하자, 이장이 무단으로 그 사람의 집으로 연결되는 수도관을 잠가 버린 사건도 있었다.

당연히 그 해수 담수화 시설은 국가에서 만들어 준 것인데 마치 자신의 사유재산처럼 운영한 것이다.

"아마 전국적으로 텃세 사건은 어마어마할 걸세."

"낙향하는 사람들 숫자를 생각하면 결코 적지는 않겠지요."

노형진은 그렇게 말하면서 곰곰이 생각에 잠겼다.

그런데 이 텃세라는 게 참 애매하다.

위쪽 사건처럼 대놓고 범죄를 저지르면 해결이 쉽다.

가령 해수 담수화 시설을 잠가 버리는 경우는 공갈 협박에 들어가기 때문이다.

"하지만 텃세는 대부분 참 애매하지 않습니까?"

"그건 그렇지요."

대놓고 협박이나 폭행을 하는 게 아니라 은근히 괴롭히는 식이다.

그렇다 보니 무조건 법적인 처벌을 하는 데에는 한계가 있을 수밖에 없다.

"그래서 내가 모두 모이라고 한 걸세. 만일 우리가 제대로 된 시스템을 갖춰서 텃세에 대한 보복 또는 반격만 할 수 있다면 해결책이 나올 테니까."

"물론 많은 돈을 쓰지 않는 방식으로 말이지요?"

"그렇지."

김성식이 고개를 끄덕거리는 것을 보며 노형진은 입맛을 다셨다.

확실히 새론의 기획 소송의 취지에 맞는 목표이기는 하다.

"하지만 그 해결책이 문제군요. 범죄에 대한 처벌 없이 텃세를 막는다는 게.”

“흠…….”

다른 변호사들은 모두 곤란한 표정으로 생각에 잠겼다.

기존의 어떠한 법도 텃세에 대한 처벌을 하지는 않으니까.

“텃세라는 건 보통 누군가 주동자가 있기 마련이지요.”

노형진은 아버지 때를 생각하면서 나지막하게 말했다.

“그리고 말씀드렸다시피 보통 그건 이장입니다.”

“하지만 늘 자네 아버지 때처럼 좋게 해결할 수는 없을 텐데.”

그때는 노형진이 변호사이기 때문에 상대방이 알아서 겁먹고 꼬리를 만 경우다.

하지만 이 경우는 변호사를 선임해야 할 만큼 사건이 커진 상황이고, 그쪽에서 겁먹고 도망갈 가능성은 그다지 높지 않다.

“하지만 소송한다고 해서 문제가 해결될까요?”

“그게 문제야. 소송을 한다는 건 결국 보복을 하고 그 지역을 떠난다는 의미지. 하지만 당하는 사람들 입장에서는 좀 다른가 보더군.”

“그렇다면야 상관없는데, 텃세라는 게 한 명만 지랄하는 게 아니라서요.”

텃세라는 건 한 지역이 지랄하는 거다.

때로는 그 지랄에 경찰과 공무원까지 끼어 있는 게 시골의 텃세고, 그 때문에 대부분의 사람들이 떠날 수밖에 없다.

“그러면 제가 생각해 본 방법을 한번 써 볼까요?”

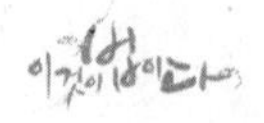

"방법? 방법이 있다고?"

김성식은 깜짝 놀란 표정이 되었다. 방법을 찾기 위해 모인 게 지금 상황인데 이미 방법이 있다니?

"전에 말씀드렸다시피 제 아버지도 텃세에 당하셨습니다. 제가 끝장을 보자는 게 말뿐이 아닌 건 아시죠?"

"하긴 자네 성격을 생각하면 그럴 리가 없기는 하지."

아버지의 상황을 이해해서 적당히 겁주고 끝내려고 했던 것뿐이지, 노형진의 성격상 저쪽에서 꼬리를 말지 않았다면 법적인 방법을 써서라도 상대방을 몰락시켰을 것이다.

"그러네요. 그때 생각해 두신 방법이 있겠군요."

고연미 변호사도 알 것 같다는 듯 고개를 끄덕거렸다.

"네, 제가 그 당시에 써 보지는 못했지만요."

본격적으로 싸움이 시작되면 온 동네를 상대로 해서 싸우게 되는데, 그런 경우 노형진이 온 동네 땅을 다 사서 모조리 쫓아내는 상황도 발생할 수 있어서 아버지가 브레이크를 거는 바람에 못 한 것뿐이지 방법은 다 찾아 뒀다.

"확실히 그렇다면 좋은 방법이 있다는 소리겠지. 그래, 자네는 어떻게 할 생각이었나?"

"일단……."

노형진은 잠깐 머릿속을 정리하고 좌중을 향해 미소 지었다.

"읍면장부터 족치도록 하지요."

⚖

"읍면장이라니. 저는 생각도 못 했습니다, 노 변호사님."

노형진과 함께 일하게 된 무태식 변호사는 혀를 내둘렀다.

그는 이번 사건에서 법적인 해결책이 없다고 생각했는데 말 꺼내기가 무섭게 나오다니.

"뭐든 방법이 없는 일은 없습니다. 다만 귀찮을 뿐이지요. 결국 조직이라는 건 누군가에게 책임이 돌아가게 되어 있는 구조입니다. 다만 그걸 사람들이 모를 뿐이지요."

그렇다면 이장의 행위는 누구의 책임일까?

그건 상황에 따라 다르다.

보통 이장은 두 가지 선임 절차를 가진다.

하나는 주민 투표다. 그리고 다른 하나는 지역의 책임자, 보통은 읍면장의 임명이다.

그런데 보통은 후자의 방식을 선택하는 경우가 많다.

"아무래도 여러 가지로 복잡하거든요."

이장 선거를 하기 위해서는 돈도 들고 여러 가지 선거 준비도 복잡하다.

그렇다 보니 대충 추천을 받아서 이장을 임명하는 게 보통이다.

"문제는 그걸 추천해 주는 게 결국 비슷한 인간들이라는 거죠."

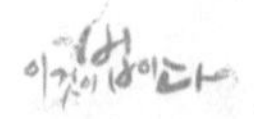

읍면장도 그 지역의 모든 주민을 아는 것은 아닌 만큼, 한 번 맡기면 특별한 문제가 생기지 않는 한 계속 임명한다.

그래서 이장에 한번 임명되면 계속하게 되는 것이다.

이장은 연임 같은 것에 대한 제한이 없으니까.

“즉, 임명의 경우 그 관리 책임은 읍면장에게 있다는 의미입니다.”

읍면장은 그러한 임명을 하고 나서 그 책임을 져야 하는데, 사실 지금까지 그런 사람은 없었다.

이장과 싸움이 나면 이장과 끝을 보려고 하지 읍면장에게 책임을 묻는 사람은 없었으니까.

“다들 망각하는 것 같은데, 이장은 공무원에 준하는 업무를 하는 자입니다.”

공무원은 아니지만 이장을 하게 되면 한 달에 30만 원 정도의 지원금이 나온다.

즉, 그 돈을 받는 동안에는 국가에서 하는 시책에 호응해야 한다.

“그리고 전에도 말했다시피 국가에서의 정책은 지역사회의 발전을 목표로 하고 있지요.”

하지만 정작 이장은 그걸 방해하고 있다.

“그걸 그냥 방치한 것은 업무상배임의 가능성이 존재한다는 거죠.”

노형진의 말에 무태식은 고개를 끄덕거리면서도 한편으로

는 걱정스러운 얼굴이 되었다.

"그런데 이 경우는 이길 수 있을지 모르겠네요."

"그게 중요한가요?"

"네?"

"이기지 못해도 상관없습니다. 애초에 제가 읍면장을 고소하는 이유는 간단합니다. 그가 이장의 이름을 기억하게 하기 위해서지요."

"기억? 아, 그렇군요. 사실 읍면장쯤 되면 이장 이름까지 다 기억하기는 힘들겠지요. 이번 경우는 읍장이 되겠네요."

시골에서 이장이 완장질을 한다지만 읍면장이 보기에는 같잖은 일이다.

소대장이 한 소대에서는 최고 권력자라고 하지만 연대장이 보기에는 그냥 널린 소대장 중 한 명일 뿐이며 그의 이름을 기억할 일은 없는 것처럼.

"보통은 말이지요, 상급자가 하급자의 이름을 기억한다는 건 둘 중 하나입니다. 좋거나 혹은 나쁘거나."

좋은 거라면 승진 등의 혜택이 있을 수 있겠지만 나쁜 거라면 그냥 그만둬야 하는 게 현실이다.

"더군다나 이장은 정식 공무원도 아니니까요."

당연히 좋은 기억을 남겨 봐야 승진하거나 할 일은 없다.

물론 당연히 불이익도 그다지 크지는 않다.

사실 불이익이라고 해 봐야 하나뿐이다.

"그 불이익은 바로 이장직에서 해직당하는 겁니다."

나쁜 걸로 기억된 이름이 이장으로 추천된 것을 보고 좋다고 사인해 줄 읍면장은 없다.

"그러니 읍면장에게 이장의 이름을 나쁜 기억으로 만들어 주면 됩니다, 후후후."

⚖

김덕술은 소도시의 읍장이었다.

읍장은 시장보다는 작은 규모이기는 하지만 그래도 선거를 통해 뽑는 선출직 공무원이다.

그런데 상대가 그를 업무상배임으로 고소했다는 말을 듣자 그는 어이가 없어서 말이 안 나왔다.

"저를 고소하셨다고요?"

"그렇습니다. 그리고 민사소송도 진행할 겁니다."

"아니…… 노 변호사님, 제가 솔직히 이해가 안 가서 그럽니다만, 저는 잘못한 게 없습니다."

농담이 아니다.

뇌물을 받아 처먹고 온갖 부정 축재를 하는 것도, 어느 정도 능력이 되고 도시가 커야 된다.

물론 하려고 한다면야 이곳에서도 못 할 것은 아니지만 그는 그렇게 살아오지 않았다.

그럴 정도로 돈이 없는 사람도 아니었고 말이다.

이런 곳에서 부정 축재한다고 해도 잘해 봐야 몇억 정도인데, 그 정도 돈은 그에게도 충분히 있었다.

"제가 완벽하게 깨끗하게 살아온 인간이라고 할 수야 없겠지만 그렇다고 해서 더럽게 살아온 것도 아닙니다."

당연히 그의 입장에서는 이 소송이 이해가 가지 않았다.

"업무상배임이라는 건 업무상 잘못에 대한 책임을 묻는 겁니다. 이장을 선임한 게 읍장님의 업무였지요?"

"그건…… 당연히……."

이장의 선임은 읍장이 하게 되어 있다.

그러나 그가 그 지역의 모든 사람들을 다 아는 건 아닌 만큼 이장 후보는 당연히 아랫사람들에게서 추천받는다.

"쉽게 말해서 이장의 신분은 준공무원이지요. 그리고 이장 선임 이후에 읍장은 시장에게 보고하게 되어 있지요. 그걸 법리적으로 해석한다면 나오는 이야기는 간단합니다. 읍장님께서는 이장의 신분을 보증해 주시는 거죠."

노형진은 싱글싱글 웃으며 말했다.

"그러니 그 이장이 범죄를 저질렀다면 당연히 읍장님이 책임을 져야 하는 거 아닙니까? 그 신분을 보증해 주신 것은 다름 아닌 읍장님이니까요."

"그 사람이 무슨 범죄를 저질렀단 말입니까!"

"협박과 업무방해, 갈취, 모욕 등등. 더 이야기할까요?"

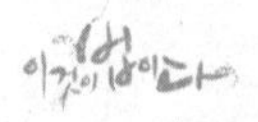

노형진의 말에 김덕술은 당황했다.

"이중기 씨가요? 그럴 사람이 아닙니다."

"오호, 제가 그분 이름을 말하지도 않았는데 어떻게 바로 아시죠?"

노형진이 묘한 눈빛으로 바라보자 김덕술은 아차 했다.

"아니 저기, 이름 정도는 알고 있습니다. 저는 읍장으로서 지역민들의 삶을 보듬어야 할 책임이 있으니까요."

정치적 미사여구. 그는 정치인으로서 자연스럽게 한 말이었다.

하지만 그게 실수였다.

"그러니까 방치한 걸 인지하신다는 거군요."

"아니, 방치까지는 아닙니다. 저는 그냥……."

"그런데 제가 말하는 이장이 이중기 씨인 건 어떻게 알고 계신 거죠? 제가 이름을 말하지도 않았고, 아직 고소장이 도착하지도 않았는데."

"……."

"제 의뢰인인 한오성 씨에 대해 아시는 건가요? 그러면 역시 알고 있으면서도 방치하신 거네요."

"그게……."

사실 대부분의 지역사회 관리자들은 자기 동네에 텃세가 있다는 건 안다. 그러나 그다지 그걸 해결하고 싶어 하는 생각은 없다.

'자기랑 상관없다고 생각하거든. 손해라고 생각하니까.'

텃세를 해결한다는 것은 지역민들과 대립한다는 걸 의미한다.

새로 전입한 사람들이 얼마나 될지는 모르지만 그들보다 기존 지역민들이 더 많은 건 당연한 일일 테니, 시장이나 읍장 등 사회 지도자층은 해결보다는 방치를 선택할 수밖에 없다.

'하지만 불이익을 받기 시작하면 이야기가 달라지지.'

노형진은 미소를 지으며 김덕술을 압박했다.

"그러니까 대충 상황은 알고 있으시면서도 그냥 두고 보고 계셨다는 거잖습니까."

"아닙니다. 아니에요."

"그런데 어떻게 아신 겁니까?"

상식적으로 노형진이 이중기에 대해 이야기하지 않은 이상 이름을 몰라야 한다.

그런데 그 사람이 그럴 사람이 아니라고 했다.

"그 말은, 그 사람이 텃세를 지랄맞게 부리고 있다는 걸 알고 계셨다는 걸 의미합니다. 안 그런가요?"

김덕술은 침을 꿀꺽 삼켰다.

'그렇지. 읍장의 한계지.'

사실 시장쯤 되면 이장들과 개인적인 관계를 맺을 이유가 없다.

때때로 지원을 받으려고 하는 것은 사실이나 그렇다고 해서 그와의 개인적인 관계가 중요한 건 아니다.

'하지만 읍장쯤 되면 사실 지원이 중요하지.'

읍장쯤 되면 이장들과 개인적인 관계를 맺어야 한다.

그래야 지역사회의 선거에서 이기기 쉽기 때문이다.

선거해서 지역의 대표를 뽑는데, 이장이면 그 지역에서 지방 호족이라고 볼 수 있다.

'도시에서야 턱도 없는 소리겠지만.'

정보가 넘치고 사람들 간에 그다지 교류가 없는 도시에서는 개개인의 판단과 성향에 따라 선거를 한다.

하지만 이런 시골의 경우는 그런 정보가 한정정적이다.

'선거운동이라는 게, 읍장급이 되면 참 애매하거든.'

시장만 돼도 화려한 선거를 하지만 읍장급 선거에 그 정도 돈이 들어가진 않는다.

기껏해야 선거 유세용 트럭을 빌려서 다닌다거나 지역에 벽보를 붙이는 정도다.

화려한 텔레비전 토론회 같은 건 꿈도 못 꾼다.

'그래서 문제지.'

결국 그 지역에서 알음알음 움직여 줄 사람이 필요한데 그게 바로 이장이다.

그래서 이장급들이 읍장급이나 시장급에게 떵떵거릴 수 있는 것이다.

사실상 이장이 그 지역 사람들에게 누구를 추천해 주면 다음 읍장은 그 사람으로 정해지는 성향이 강하다.

“제가 모를 거라고 생각했습니까?”

“설마…….”

읍장은 얼굴이 하얀색으로 질려 가기 시작했다.

업무상배임의 약간의 벌금? 그거야 내면 그만이다.

하지만 선거법 위반은 이야기가 다르다.

읍장 자리를 박탈당한다고 하면 이야기가 달라지는 것이다.

“각오는 하시고 방치하신 거라 생각합니다.”

“노…… 노 변호사님!”

다급하게 매달리려고 하는 김덕술.

하지만 노형진은 그런 그에게서 살짝 몸을 피했다.

“기다려 보세요. 재미있는 일이 있을 테니까요.”

“부정선거?”

송정한은 노형진이 찾아와서 한 이야기에 귀가 솔깃해졌다.

“송 의원님도 이제 정치인 다 되셨습니다.”

“그게 무슨 말인가?”

“정치적인 이득 문제가 나오니 관심을 가지시네요.”

“하하하, 당연한 거 아닌가? 여기서 뭔가 바꾸겠다고 들어온 거라면 제대로 해야지. 그런데 자네 말이 무슨 말인가?"

"지금 민주수호당의 가장 큰 문제는 시골에서 거의 이기지 못한다는 거 아닙니까?"

"그건 그렇지."

"왜 그런 거라 생각하십니까?"

"글쎄. 그건 내가 잘 몰라서."

그런 곳은 대부분 버리다시피 한 것이 현실인지라 그다지 관심을 가지지 않는 게 당 내부의 분위기였다.

그나마 국회의원 선거는 지역구라도 넓어서 어떻게 싸움이라도 해 보겠는데, 지역 자치단체장 같은 경우는 시골일수록 민주수호당이 불리한 이미지를 가지고 있는 것이 사실이다.

그래서 민주수호당에서는 시골에는 그다지 관심을 가지지 않는 경우가 대부분이었다.

한다고 해도 표면적으로 선거만 치르는 경우도 많다.

어차피 안 된다 생각하니까.

"간단합니다. 이장이 선거하거든요."

"이장?"

"나이의 문제가 있으니까요."

그런 시골들은 아무래도 고령화사회가 많다.

당연히 정보에 한계가 있다.

그리고 그 정보를 선별적으로 공개하는 것이 바로 이장이다.

"흐음…… 그러니까 이장들이 그 지역의 사람들에게 일종의 선거운동을 한다 이건가?"

"맞습니다. 이게 참 애매하거든요."

이장은 읍장이 선임하는 사람이다.

하지만 그렇다고 해서 공무원은 아니다.

"사람들이 봤을 때는 이장이 그 지역의 권력가이자 동시에 주민이거든요."

그러니 그들이 주민 자격으로 사람들에게 지속적으로 특정 정당 또는 특정 인물에 대해 좋은 말을 한다고 해서 그걸 가지고 뭐라고 하기는 힘들다.

"물론 선거법 위반이지요."

선거법은 사실 무척이나 까다롭다.

현행 선거법대로라면 아무리 친한 사이라고 해도 누구를 지지한다는 식으로 말하는 건 불법이다.

투표하라고 할 수는 있지만 어느 쪽에게 투표하라고 하는 것도 선거법 위반이다.

"하지만 사람들은 할 건 다 하잖나?"

"그건 고발하지 않으니까요."

만일 그걸 무차별적으로 고발하기 시작하면 표가 엄청나게 떨어질 수밖에 없다.

개개인의 발언을 모두 정치적으로 재단한다는 것은 결국 독재를 하겠다는 의미와 다를 바 없으니까.

"애초에 그런 선거법 자체가 독재를 기반으로 구성되어 있는 것이 사실이기도 하고요. 결정적으로 정치에는 부모 자식도 없다고 하지 않습니까? 만일 말했다가 문제가 될 것 같은 사람이라면 대부분은 그냥 입을 다물죠."

"이해가 가는군."

성향이 보수인 사람에게 진보 측에 대한 칭찬을 하게 되면 그 사람이 바뀔 가능성보다는 둘 사이에 싸움이 날 가능성이 크다.

"그 때문에 비슷한 성향의 사람들끼리 이야기하게 되고요."

"그게 가장 큰 문제이기는 하지."

서로 대화하고 타협해서 문제를 해결하기보다는 서로 싸워서 이기려고만 하는 문화가 되어 버렸으니까.

"물론 선거운동원처럼 다니면서 누구를 지지하라고 누가 공약을 이렇게 했다고 하지는 않겠지요. 그런 시골에서는 그런 것보다는 보통 막걸리 정치가 더 먹힙니다."

"막걸리 정치?"

"네. 같이 술 한잔하면서 씹어 대는 거죠."

"하긴, 그건 나중에 걸려도 발뺌하기도 쉽지."

동네 사람들이 막걸리 먹으면서 수다 떤 것뿐이라고 하면 처벌하기도 애매해진다.

"그걸 가지고 우리가 뭐라고 하면 진짜 애매하기는 한데."

"이장을 족쳐 봐야 의미가 없습니다. 읍장이나 시장을 족쳐야지요."

"하지만 무슨 수로?"

"이장에게는 돈이 지급됩니다. 한 달에 30만 원 정도입니다만."

"설마?"

송정한은 눈치가 빨랐다.

한 달에 30만 원 정도 지급하는 것은 국가에서 이장에게 주는 일종의 임금 같은 거다.

"그런데 읍장이 그런 이장에 대한 선임권을 가지고 있지요."

"막걸리값을 따지자 이거군."

이게 이장으로서의 업무 지원금인지 아니면 선거운동에 대한 보은 인사인지는 결국 이장이 선거운동을 어떻게 했는지, 또 그에 따라 읍면장이 그를 어떻게 대했는지에 따라 달라진다.

만일 선거운동에서 대응하지 않았다면 문제 될 것이 없지만 선거와 관련해서 누군가를 씹었다면 이야기가 달라진다.

"어차피 버리는 지역입니다. 한번 찔러본다고 해서 바뀌는 건 없지요."

노형진은 빙긋 웃었다.

그리고 그걸 들은 송정한은 미소를 지었다.

"가질 수 없다면 부수어 버리라는 거군."

"틀린 말은 아니지요, 후후후."

얼마 후 민주수호당은 김덕술을 선거법 위반으로 고소했다.

그리고 조사가 진행될수록 상황은 김덕술에게 불리하게 흘러가기 시작했다.

—이장이 그 사람 좋은 사람이라고 하기는 하더라고.

—언제요?

—그, 이장 집에서 막걸리 먹으면서 그랬재. 파전이랑 막걸리 먹으면서, 우리 동네가 발전할라문 김덕술 같은 사람이 읍장이 되어야 헌다고.

—그래서 막걸리를 얻어먹으신 건가요?

—그게 문제가 되는당가?

—그거 심각한 문제입니다. 벌금이 나올 겁니다.

—아니, 나는 그 사람이 뭔 말을 하는지 몰랐어.

—알고 모르고의 문제가 아니라서요.

아니나 다를까, 막걸리 정치가 튀어나왔다.

'내 기억이 맞았어.'

노형진은 그 지역뿐만 아니라 각 지역에서 쏟아져 나오는 제보들을 보고 혀를 내둘렀다.

'막걸리 정치가 문제가 되는 건 나중 일이지.'

고전적인 막걸리 정치가 문제가 된 것은 모 시장 선거에서 문제가 터지면서였다.

시장 선거에 나간 사람이 떨어졌다.

선거라는 게 누군가는 떨어지고 누군가는 붙는 게 당연한 지라 이상할 건 없는 일이었다.

그런데 그 떨어진 시장 후보가 그 지역 사람인 것이 도리어 화근이 되었다.

지역 공천이라 해서 그 지역 사람을 추천해서 후보로 올렸는데 떨어진 것.

거기까지는 그럴 수 있지만, 상대방이 예상하지 못한 건 추천받을 정도로 그 사람을 아는 사람이 많다는 거다.

그런 그에게 몇몇 친한 사람들이 이런 일이 있었다며 사실을 알려 주었고, 그 사실을 그 사람이 당에 알리면서 당에서는 그 일로 선거법 위반으로 고발을 넣었다.

그 결과, 선거법 위반으로 한 마을에서 3분의 2가 벌금형을 받는 사태가 벌어졌다.

현행 선거법상 그러한 막걸리 역시 금품으로 취급되어, 그걸 준 사람은 물론 받은 사람까지 선거법 위반이 성립되기 때문이다.

결국 그 사건으로 지역사회는 박살이 났다.

주민들이 수백만 원씩 벌금을 내게 생겼으니까.

"시대가 어느 때인데 말이지."

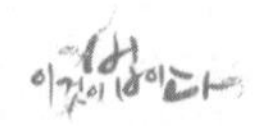

사람들이 보기에는 고작 막걸리일지 모르지만 그건 명백하게 선거법 위반이다.

"이제 슬슬 이장이 박살 나기 시작할 것 같은데."

노형진은 녹음 파일을 들으면서 미소를 지었다.

민주수호당에서 지역민들을 직접 찾아다니면서 녹음한 것이다.

벌금을 줄이거나 처벌을 면하기 위해서는 사실을 말하고 제보 형태가 되어야 한다고 설득했고, 겁먹은 시골 노인들은 사실대로 말한 것이다.

"이제 이걸로 고소가 들어갈 테고."

노형진은 시계를 힐끔 보았다.

"자, 이제 본격적으로 움직여 볼까?"

텃세는 결국 욕심

"이 썅놈의 시키!"

"돈 내놔! 돈."

"아이고, 내 돈!"

김성식은 노형진과 함께 자신의 친구가 있는 한오성의 마을로 향했다.

그리고 그곳에서 만난 한오성은 혀를 내둘렀다.

"내가 의뢰했는데 딱 한 번 찾아오고 다시는 안 오기에 일 안 하는 줄 알았다."

"그럴 리가 있나. 그나저나 차 한잔 안 내오냐?"

"요즘 무서워서."

피식 웃은 한오성은 노형진과 김성식에게 커피를 내놨다.

"요즘 분위기 어때?"

"개판이지, 뭐."

예상대로 이중기는 막걸리를 먹어 가면서 김덕술 찬양에 가까운 말을 했고, 그 때문에 김덕술은 선거법 위반으로 체포되었다.

구속까지 당하지는 않았지만 실형은 피할 수가 없는 상황.

"당연하지요. 일단 돈을 줬으니까요."

고소한 민주수호당에서는 김덕술이 이중기를 이장으로 삼아서 돈을 준 것을 문제 삼았다.

정치적 지원이라고 주장한 것이다.

"그리고 시기가 참 애매하거든."

실제로 이중기가 이장이 된 것은 김덕술이 읍장이 된 시기와 비슷하다.

"우연과 비슷한 필연이지요."

노형진은 어깨를 으쓱하며 말했다.

"우연과 비슷한 필연?"

"대부분의 정치인들은 비슷한 생각을 합니다. 다음번에 한 번 더 해 먹어야 한다고. 사실 선거에서 공무원은 중립을 지켜야 합니다."

하지만 현실적으로 그렇지 않다.

각 지자체장이 되면 가장 먼저 하는 것 중 하나가 바로 내부에 자신의 다음 선거를 지원하는 시스템을 만드는 것이다.

"공식적으로 선거 지원 캠프를 차릴 수는 없지만 편법이 없는 것은 아니니까요."

"하긴 나도 그건 알지."

당장 각 부서의 담당을 자기네 파벌로 바꾸는 것만 해도 어마어마한 이득이 된다.

"그런 면에서 이장을 바꾸는 건 이런 시골의 선거에서는 절대적인 영향력을 가집니다. 사실상 지방 호족이니까요."

그가 이장을 하면서 특정 정당이나 사람을 조금씩 씹고 다니는 것만으로도 표의 50%는 더 가지고 올 수 있으니까.

"그건 김덕술 역시 마찬가지지요."

김덕술은 자신을 도와줄 수 있는 비슷한 성향의 사람으로 자리를 채우려고 했는데, 그게 바로 이중기였다.

"그렇잖아도 인터넷에서 좀 찾아봤습니다. 전임 이장은 지역에 외부인을 받아들이려고 하는 타입이었더군요."

그는 시골에서 외부 이주민을 받아들여야 한다고 주장했고, 실제로 외부인이 들어오면 친하게 지내려고 노력했으며 마을 행사에도 부르면서 관계를 돈독하게 하려고 했다.

"맞습니다. 저도 그런 이야기를 보고 이쪽으로 온 거지요. 텃세에 대해 모르는 것도 아니었으니까."

낙향을 한다는 것은 단순한 이사를 뜻하는 게 아니다.

인생의 2회 차를 살아간다는 걸 의미한다.

그 때문에 대부분 신중하게 결정하는데, 마을에서 외지인에게 친밀하게 다가간다면 그건 그 동네에 상당한 플러스 점수가 된다.

“아. 그런 것도 찾아봤나?”

“그런 카페 같은 곳에는 그런 입소문이 빠르거든요. 가입해서 확인해 봤습니다. 옛날에는 분위기가 좋았다고 되어 있더군요.”

하지만 이장이 바뀌고 나서 분위기가 바뀌었다.

이중기는 낙향한 사람들을 뜯어먹으려고 하는 사람이었고, 그로 인해 이득이 생기니 동네 사람들도 그 행위를 그냥 두고 본 탓에 극단적인 텃세가 벌어지게 된 것.

“부대에서 왕고 하나만 바뀌어도 부대 분위기가 바뀌지 않습니까? 간단한 거죠.”

두 사람은 고개를 끄덕거렸다.

군에 갔다 온 사람이라면 다 아는 이야기니까.

바로 왕고, 즉 최선임이 부대 내에서 똥군기를 막아 버리면 살기 좋아지지만 그 사람이 제대해서 다른 사람으로 바뀌었는데 그가 똥군기를 추종하면 그 부대는 지옥이 된다.

한 달도 아니고 한 2주 정도면 그렇게 바뀌며, 순식간에 전통이라는 말로 포장까지 된다.

“아시겠지만 인간은 이득이 된다고 하면 그게 전통이라고 우겨 버립니다.”

즉, 이곳의 텃세는 원래 있었던 게 아니라 이장이 바뀐 후에 이중기가 만들었다는 것이다.

“하여간 그 때문에 난리도 아니야. 이중기는 아예 마을에 들어오지도 못하고 도망갔고. 집도 내놨다고 하더군.”

“그럴 만하지요.”

사실 이런 시골의 사람들이 이장이 막걸리 한잔하자는 걸 이상하게 생각했겠는가?

또 술 마시고 하는 말에 관대한 게 한국 사람이고, 더군다나 시골 사람들이다.

“그런데 그 때문에 벌금이 나왔으니 화가 나지요.”

한 사람당 300만 원 정도의 벌금.

시골에서 300만 원은 어마어마하게 큰 돈이다.

당연히 그걸 가지고 싸우기 시작했으니 이장은 도망갈 수밖에 없었다.

“이장이 사라졌으니 여기서 텃세를 부리는 사람은 없을 겁니다.”

정확하게는 주동자가 사라진 것이다.

그리고 주동자가 사라진 이상 남은 이들은 텃세를 부리는 것에 부담을 가질 것이다.

“사람들은 주동자에게 호응하는 건 쉽게 하는 편이지만 나서는 건 잘 못하거든요.”

“차라리 관심을 가지지 않는 게 나을 것 같다니까요.”

고개를 절레절레 흔드는 한오성.

그동안 당한 게 너무 많아서 차라리 무관심이 그리울 지경이었다.

"그러셔도 됩니다. 아니면 적극적으로 나서셔도 되고요."

"그게 무슨 말입니까?"

"제가 왜 업무상배임으로 김덕술을 고소했는지 아십니까?"

"그러고 보니 그렇군."

김성식은 고개를 갸웃했다.

김덕술에게 치명적인 타격을 입힌 것은 다름 아닌 선거법 위반이다.

현 상황대로라면 김덕술은 읍장의 자리에서 쫓겨날 수밖에 없다.

만일 그와 이장을 쫓아내는 것이 목적이라면 사실 업무상배임은 그다지 효과가 있는 것도, 또 피해를 크게 주는 것도 아니었다.

"공무원들은 어떻게 해서든 자기가 책임지지 않으려고 하지요. 복지부동이라는 말이 괜히 생긴 게 아닙니다. 특히 선출직 공무원들은 더더욱 그렇습니다. 책임이라는 건 결국 자기 과오를 인정하는 거거든요."

"그거야 그렇지."

그렇다 보니 아무래도 거리감이 있는 것이 사실이다.

그런데 그것과 업무상배임이 무슨 관계가 있단 말인가?

"업무상배임으로 인해 이 모든 게 시작되었습니다. 그러면 다음 이장은 누가 될까요?"

"다음 이장?"

김성식은 눈을 가늘게 뜨고 곰곰이 생각에 빠졌다.

물론 누군가는 이장을 해야 한다.

누군가는 말이다.

하지만 '누군가'를 이장으로 골랐을 때 그로 인해 문제가 생긴다면, 읍장이나 시장의 입장에서는 반가울 수가 없다.

특히 그가 특정 정당에 대해 유리한 말을 하면서 선거판을 흔들면 자신이 쫓겨날 수도 있는 상황.

그걸 피하려면 방법은 자신이 고르지 않는 것뿐이다.

"선거로군!"

"선거?"

김성식이 무슨 말인지 알고 탄성을 내질렀을 때, 한오성은 이해가 가지 않아서 되물어볼 수밖에 없었다.

"이장도 선거로 뽑을 수 있거든. 사건 초기에 노형진 변호사가 이야기해 줬었지."

그 말에 노형진은 빙긋 웃었다.

김성식이라면 기억하고 있을 거라 생각했으니까.

"맞습니다. 선거가 답이지요."

"허, 이장과 읍장이 물러난 후까지 생각한 건가?"

"결국 닥칠 미래니까 준비는 해야지요."

이장은 선거 아니면 읍장이 선임하는 형태다.

그런데 일반적으로는 그냥 읍장이 알아서 선임해 버린다. 선거하려면 복잡하고 귀찮으니까.

"하지만 책임 문제가 생겨 버리면 이때부터는 이야기가 달라지거든요."

만일 선임했다가 그가 특정 정당이나 후보에 대해 좋은 말을 실수로라도 한다면, 잘못하면 선거법 위반이 되어 버린다.

그 사람을 선임한 것이 읍장이니 당연히 읍장에 대해 고발이 들어간다.

"하지만 선거를 하면 이야기가 달라지지요."

선거를 통해 지역 주민이 고른 사람을 읍장이 선임하는 형태가 되어 버리면 그 책임은 면해진다.

그를 고른 건 읍장이 아니라 지역 주민이니, 그 사람이 실수를 해도 그건 그의 실수가 될 뿐 읍장의 실수는 아닌 것이다.

"설마 다음 이장 선거를 노리고 업무상배임을 걸고넘어지신 겁니까?"

"맞습니다. 그렇게 하면 머릿속에 관리 책임에 관해 확실히 각인시켜 줄 수 있으니까요."

노형진은 고개를 끄덕거렸고 김성식은 혀를 내둘렀다.

"자네는 말이야, 진짜 볼 때마다 무섭다는 생각이 드는군."

"맞네. 다른 변호사들 찾아가니까 기껏 한다는 말이 이장을 고소하라는 소리밖에 안 하던데."

한오성은 혀를 내두르며 말했다.

그리고 한오성은 노형진이 왜 나서든 아니면 구경만 하든 상관없다는 식으로 말했는지 알 것 같았다.

"혹시나 제가 이장으로 나설 가능성도 감안하고 그렇게 하신 겁니까?"

"그것도 맞습니다. 사실 지금 상황에서는 서로에 대한 불신이 심각하거든요."

이 지역에서 전 이장인 이중기에 대한 불만이 심하긴 하지만 그렇다고 해서 모든 사람들이 다 이중기를 욕하는 건 아니다.

"인간 세상에는 파벌이라는 게 있을 수밖에 없으니까요."

이중기의 파벌이라는 것은 있을 수밖에 없다.

더군다나 이장을 했다는 것은 이 지역에서 오래 살았다는 의미도 된다.

지금이야 도망갔다지만, 그와 친하게 지내면서 혜택을 빼먹던 인간들이 없지는 않을 것이다.

"사실 이장이 가지는 혜택은 어마어마합니다."

당장 농업 지원금도 우선 대상이 되고 대출도 쉽게 되는 편이다.

그 지역의 권력가로 인정받는 것이다.

"그걸 같이 누리던 인간들이 과연 그냥 물러날까요?"

"결국 그들 중 한 명이 다시 나서겠군."

"하지만 다른 파벌이 생기기 시작했지요."

이중기 파벌에서는 다시 한번 권력을 쥐기 위해 누군가를 후보로 내겠지만, 그 때문에 벌금을 내게 된 지역 주민들이 그들을 환영하지는 않을 것이다.

“하지만 그러면 지역사회가 완전히 붕괴될 텐데요?”

“상관있습니까?”

“네?”

“사람들은 뭔가를 꼭 지키는 게 정의라고 생각합니다. 하지만 답이 없는 걸 지킬 필요가 있나요? 진짜로 답이 없다면 차라리 완전히 부숴 버리고 새로운 질서를 만드는 것이 때로는 답이 됩니다. 더군다나 지금 제가 말하는 건 무슨 쿠데타 같은 것도 아니고 단순히 선거 이야기일 뿐입니다.”

“하긴…….”

김성식은 이해가 간다는 듯 말했다.

국가 전복 같은 걸 하자는 게 아니다. 사회적으로 잘못된 문화인 텃세를 없애자는 것뿐이다.

“선거를 통해 잘못된 걸 고치는 건 국민의 당연한 권리입니다. 그리고 일이 틀어져 봐야 도시화되는 것뿐이지요.”

도시에서는 옆집에 누가 사는지도 모른다.

기존 지역 사람들이야 어색할지 모르지만, 도시에서 이사 온 한오성에게는 지극히 익숙한 일이다.

“선거라…….”

한오성은 깊은 생각에 빠지기 시작했다.

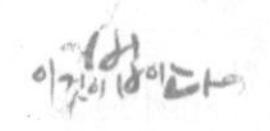

⚖

"결국 안 한다고 하시네요."

"이 나이 먹고 은퇴해서 내려온 사람이 이 상황에서 뒤치다꺼리를 하고 싶을까?"

"하긴, 그것도 그러네요."

시골 사람들에게는 이장이 권력자라는 이미지가 강하지만, 도시 사람들에게는 그런 이미지보다는 동네의 온갖 귀찮은 일을 다 해야 하는 자리라는 이미지가 더 강하다.

더군다나 한오성의 경우는 어느 정도 돈을 벌어서 은퇴해서 내려온 상황.

농사를 크게 지으려고 하는 것도 아닌 만큼 농업인 대출이니 뭐니 하는 걸 굳이 크게 신경을 쓸 이유도 없다.

"그러면 우리는 여기서 빠지면 되는 건가?"

"아직 아닙니다."

"아직 아니라고?"

"일단 시작했으면 제대로 해야지요. 선거가 아직 끝나지 않았습니다. 만에 하나 이중기 파벌이 승리하면 어떻게 되겠습니까?"

"아…… 그렇지."

정치는 파벌 싸움이다.

물론 이중기가 선거법을 위반한 건 사실이다. 그러나 그렇다고 해서 그가 100% 이장 선거에서 떨어진다는 보장은 없다.

'실제로 그랬고.'

이중기 본인은 선거에 나올 수 없지만 그 지지 세력이 나올 수도 있고 또 그 성향의 사람들이 나올 수도 있다.

그들이 승리하면 사건을 키워서 이중기와 김덕술을 쫓아낸 한오성에 대해 보복이 안 들어갈 리가 없다.

"더군다나 김덕술의 경우는 여전히 읍장입니다."

당연히 김덕술은 자리를 지키기 위해 재판을 하면서 시간을 끌 것이다. 그렇게 해서 자리를 지키는 건 거의 상식이 되어 버렸으니까.

"그들의 보복을 막기 위해서라도 이번 선거에서는 승리해야 합니다. 가장 좋은 건 한오성 씨가 직접 이장이 되는 거였는데 거절하셨으니, 차선을 선택해야지요."

"차선이라고 하면……?"

"우호적인 새로운 이장을 선임하는 거지요."

노형진은 씩 웃으며 말했다.

⚖

그리고 얼마 지나지 않아서 실제로 선거를 치른다는 공고가 붙었다.

이중기가 도주한 이후에 그만둔다는 이야기를 전했기 때

문이다.

"어떻게 인간은 뻔한 행동 패턴에서 한 치를 못 벗어나냐."

이중기는 그만뒀지만 그의 파벌에서는 새로운 사람을 밀기 시작했다.

이중성. 이중기의 형이었다.

너무 뻔하게 보이는 짓이었지만 법적으로는 문제가 없었다.

"그러면 남은 건 상대방 파벌인데."

마을은 결국 그 사건으로 두 개의 커다란 파벌로 갈라졌다.

이중성을 밀어주는 기존의 이중기 파벌.

그리고 그들로 인해 벌금을 부과받은 적대적 파벌.

작은 마을이 그렇게 갈라지게 되니 마을 사람들은 서로 이야기도 하지 않을 정도로 극도로 사이가 안 좋아졌다.

"재미있는 상황이기는 하군. 저들을 화해시킬 생각은 있나?"

"전혀요. 제가 저들을 화해시켜야 하는 이유가 있나요?"

살벌한 마을 사람들을 보면서 노형진은 김성식에게 말했다.

"제가 화해시킨다고 해서 저들이 바뀔 것도 아니고요. 고향의 정이라는 건 이미 사라진 단어입니다."

"너무 비참한 말 아닌가?"

"비참하지요. 하지만 현실입니다. 세상은 모든 게 비즈니스로 돌아갑니다. 그리고 그게 결국 텃세로 연결되었지요. 그런데 이제 와서 그걸 되찾기 위해 노력한다는 건 좀 웃기지 않습니까?"

물론 푸근한 고향의 정이 없는 것은 아니다.

실제로 여전히 그런 분위기를 가진 마을은 존재한다.

"하지만 이 마을은 아닙니다. 한번 이권의 맛을 본 사람은 절대 과거로 돌아가지 못합니다."

꿀을 빨아 본 사람은 절대 과거로 돌아가지 못한다.

이중기가 일부 파벌에게 혜택을 몰아줬다면 당연히 그들은 절대 과거로 돌아가지 못한다.

그들에게 새로운 이장은 자신들의 이권을 빼앗아 간 원수일 뿐이다.

"그렇다면 확실하게 비즈니스로 일을 처리해야지요."

"하지만 무슨 수로 말인가? 선거에 개입해서? 하지만 이건 아무리 작아도 선거야."

당연히 정치적 중립의무가 중요하다.

물론 노형진이 돈을 밀어주면서 선거를 도와준다면 그쪽이 이길 가능성은 있다.

"하지만 제가 그럴 이유는 없지요. 이 지역의 주민인 것도 아니고. 제가 할 수 있는 건 이중성을 떨어트리는 정도입니다."

그에게 부여된 의뢰는 텃세를 없애는 것.

만일 이중성이 이중기의 자리를 그대로 이어받으면 분명 보복성 텃세는 더더욱 심해질 것이다.

"방법은 두 가지가 있습니다. 하나는 그 텃세에 대해 소송을 거는 거지요."

엄밀하게 말하면 텃세는 괴롭힘 행위이니 그걸로 민사소송을 걸면 상대방에게 타격을 줄 수 있다.

"하지만 그걸 추천하고 싶지는 않네요."

그렇게 되면 원한만 쌓일 뿐 문제는 해결되지 않는다.

"두 번째는 새로운 권력 집단을 이용하는 것."

"새로운 권력 집단?"

"그렇습니다. 이런 시골에는 절대적 권력을 가지고 있는 집단이 있거든요."

그들의 힘은 말 그대로 절대적이다.

그래서 누구도 저항하지 못한다.

그리고 그런 권력 집단은 부패할 수밖에 없다.

그게 바로 노형진이 아는 진리였다.

⚖

농민은행.

한국 전역에 있는, 농민들을 위한 은행.

"그런데 이 지역 지점이 느슨하거든요."

사실 느슨하다기보다는 거의 별도로 운영되는 수준으로 봐도 무방하다.

그럴 수밖에 없는 게, 농민은행은 엄밀하게 말하면 조합이기 때문이다.

당연히 중앙에서 다 관리하는 게 아니라 각 지방별로 관리하는 형태다. 그 지역의 사람들이 조합을 만들고 그 조합이 농민은행에 속하는 형태가 되는 탓이다.

"특히 농민은행의 구조 특성상 아무래도 조합장 선거라는 게 있으니까요."

중앙의 농민은행은 사실상 일반 은행으로 굴러간다.

하지만 그 아래쪽에 있는 지방 농민은행의 경우는 조합이라는 특성상 대표를 위에서 내려보낼 수가 없다.

조합이라는 건 모든 조합원이 공정하게 한 표를 가지고 있는 시스템.

그렇다 보니 위에서 한 명을 내려보내면 조합원을 무시하는 꼴이 된다.

"그래서 보통 지방의 조합장은 선거를 통해 뽑습니다."

"선거."

김성식은 눈을 묘하게 모았다.

지금 노형진은 이장을 선거로 뽑을 수 있게 해 놨다. 그런데 그 이전에도 이미 선거가 있었다.

"설마, 지방은행 선거에 뭔가 있다고 생각하는 건가?"

"뭔가 있다고 생각하는 정도가 아닙니다. 확실한 증거가 있지요."

"확실한 증거라……."

"이곳은 원래 이씨 집성촌입니다."

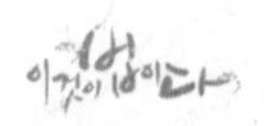

그러나 시대가 바뀌면서 외부에서 사람이 들어오기 시작했다.

이번의 텃세도 문제가 된 게, 원래 집성촌이 생각보다 텃세가 심하다. 자기 가문 사람들이 아니면 대놓고 사람 취급도 안 하니까.

"설마?"

"설마가 아니죠. 당연히 여기서 조합장 선거를 하면 조합장은 이씨가 됩니다."

"그리고 그 사람은 이씨 가문 사람들에게 특혜를 주겠군."

"맞습니다."

노형진은 고개를 끄덕거렸다.

"더군다나 이중기가 이장을 하고 있었으니 사실상 거의 모든 특혜를 다 쓸어 담았을 겁니다."

"그쪽을 뒤집을 생각인 건가?"

"이미 농민은행 중앙 지점에 증거와 함께 제보를 해 놨습니다."

당연히 감사가 들어올 테고, 감사가 시작되면 그 특혜에 대해 문책이 들어올 것이다.

"전에도 말씀드렸다시피 이장이 가진 권력 중 하나가 바로 대출 우선권이지요. 아마 이장이 추천하는, 정확하게는 자기네 가문의 사람들에게만 대출이 이루어졌을 겁니다."

이러한 현상은 집성촌 성향이 강한 시골에서는 당연하게

이루어지는 일 중 하나다.

"그리고 감사가 들어가면 당연히 해당 돈에 대한 환수가 이루어지겠지요."

벌금 300만 원?

아무리 가난한 시골이라고 해도 아예 못 낼 정도의 돈은 아니다.

"하지만 과연 빚을 한꺼번에 환수한다면 어떻게 될까요?"

"내부에서 불만이 폭발하겠군."

이번 사태로 이 지역의 농민들은 파산하게 될 가능성이 크다.

"결국 자업자득입니다."

노형진은 피식 웃으며 말했다.

⚖

"아니, 갑자기 돈을 갚으라니!"

"나한테 당장 그런 돈이 어디 있어!"

농민들은 생각보다 빚이 많다.

그럴 수밖에 없다.

농작물이라는 건 1년 내내 매달 똑같이 나오는 게 아니다.

농사지어서 한꺼번에 나오는 것이 보통이다.

당연히 수확기가 아닌 철에도 농사 준비에서부터 생활비까지 돈이 들어가니까.

그런 상황에서 갑자기 감사가 들어가고 부당 대출에 대한 환수가 결정되자 난리가 난 것이다.

그리고 그로 인해 선거는 개판이 되었다.

"내가 1억을 갑자기 어떻게 만든단 말이야!"

"나 그런 돈 없어! 배 째!"

이장 선거를 앞두고 마을 내부는 크게 혼란해졌다.

하지만 은행은 단호했다.

"그동안 부당하게 대출한 자금을 돌려주셔야겠습니다."

물론 모든 사람들이 다 부당하게 가지고 간 것은 아니었다.

그러나 상당수의 자금, 특히 정부 지원 자금 같은 경우는 거의 날로 먹다시피 빼앗아 갔고, 이중성 역시 그걸 받아 챙겨서 결국 체포 영장까지 나왔다.

당연히 은행에서는 농민들을 무차별적으로 고발하기 시작했다.

"해결이 되기는 했네요."

한오성은 씁쓸하게 말했다.

노형진의 말대로 텃세가 해결되기는 했다.

마을 사람들이 땅을 빼앗기는 형태로 말이다.

그들은 어떻게 해서든 빚을 갚으려고 했지만 불가능했다.

현실적으로 그들이 갚아야 할 빚은 보통 1억이 넘었다.

정부에서 농민들에게 지원하는 자금은 이율이 무척이나 낮다. 그래서 무차별적으로 자기들이 먼저 받아 버린 것이다.

“하지만 그걸 한꺼번에 토해 내야 하니까요.”

결국 땅을 빼앗기든가 경매로 넘기든가 둘 중 하나가 되어 버린 상황.

그 상황에서 사람들은 헐값에 땅을 넘기는 수밖에 없었다.

경매에 들어가면 제값 받는 건 꿈도 꾸지 못하니까.

그리고 그 땅을 산 건 결국 외부인이었다.

내부에 있는 사람들은 살 돈도 없거니와, 같은 마을 사람들이자 친척인데 그 땅을 사서 자기들이 가지면 집안 내부에서 싸움이 날 게 뻔하니 결국 눈치만 보는 수밖에 없었다.

“외부인이 많아지면 텃세는 적어질 수밖에 없지요.”

노형진은 한오성의 집에서 마을을 바라보면서 커피를 마시며 말했다.

“기대와는 조금 다른 결과네요.”

“어떤 걸 기대하셨기에요?”

“그 뭐랄까, 제가 마을 사람들과 화해할 방법이 있을 거라 생각했거든요.”

노형진은 씁쓸하게 웃었다.

“애석하게도 그런 방법은 없습니다. 텃세라는 건 결국 상대방보다 내가 우월하다는 감정의 발로로 시작되는 짓입니다. 내가 먼저 여기 와 있었으니까 너는 나한테 무릎을 꿇고 숙여야 한다, 뭐 그런 거죠. 그걸 어떻게 변호사가 좋게 해결하겠습니까?”

물론 한두 명이라면 모른다.

술이라도 먹으면서 좋게 좋게 해결할 수도 있다.

"하지만 이번 사건의 경우는 이장부터 시작해서 대부분의 마을 사람들이 주범임과 동시에 공범입니다. 아무리 제가 대단하다고 해도 수백 명의 사람들의 마인드를 고칠 수는 없지요."

그게 가능했다면 변호사가 아니라 종교인을 했어야 했을 것이다.

"그래서 무너트렸다는 건가요?"

"그렇습니다. 저들이 이 지역에서 자기들이 남보다 잘났다고 생각한다면, 다른 지역으로 쫓아 보내면 그만인 거지요."

그들은 땅을 팔고 떠나는 것만은 피하기 위해 어떻게 해서든 돈을 마련하려고 했지만, 마을이 통째로 노형진의 함정에 빠진 상황인 데다가 대출 비리로 수사받고 있는 사람에게 대출해 주려고 하는 사람은 없을 수밖에 없다.

"결국 저들이 자초한 겁니다."

이제 그들은 자신들의 텃세의 근본인 땅을 잃어버렸다.

그리고 그 와중에 내부에서 싸움까지 벌어졌다.

"최소한 그들이 싸우는 동안에는 괴롭히지도 못할 겁니다."

한오성은 씁쓸한 표정을 지었다.

"지지는 않았지만 이기지도 못했다는 거네요."

"하지만 유일한 해결책이지요."

노형진으로서도 상당히 씁쓸한 사건이었다.

문제는 없지만 답은 정해져 있다

사람들에게 선거란 투표를 뜻한다.

하지만 정치인들에게 선거란, 투표가 아니라 그때까지의 흐름을 뜻한다.

새로운 대통령이 선출되는 순간 다음 선거를 준비하기 시작하는 게 바로 정치인들이다.

그리고 그 안에서 유력 주자로 분류되는 사람이 있기 마련이다.

유력 주자는 보통 경험이 많은 사람이나 유명한 정치인이 결정된다.

그리고 그 적당한 사람 중 한 명이 바로 송정한이었다.

그는 새론의 대표였던 경력을 가지고 있고, 정치 경험이 짧기에 누구에게 부탁을 받거나 한 청탁의 과거도 없다.

하지만 사회적으로 무척이나 유명한 데다가 이번 대통령과 마찬가지로 깨끗한 이미지가 있기에 사방에서 대권의 유력 주자로 밀어주고 있었다.

"유 의원님, 진짜 생각이 없으십니까?"

유찬성에게 송정한이 미안한 표정으로 물었다.

"누차 말했지만 난 그럴 사람이 아니라니까 그러네."

유찬성은 허허 웃으면서 말했다.

"나는 적당히 썩을 만큼 썩은 사람이에요. 내가 대통령 선거에 나가서 뭘 하는 건 좋은 생각이 아니야. 애초에 나는 검증 통과를 못한다니까."

"그래도……."

"안 한다는 말은 안 하네, 이 사람. 허허허."

정권 초기.

당연히 차세대 대권 주자를 고르기 위해 새로운 사람을 골라야 한다.

이번 대 총리가 될 수도 있고 유명 정치인이 될 수도 있다.

그런데 몇몇 소신파 정치인들이 뜬금없이 송정한을 밀기로 한 것이다.

그리고 유찬성은 그중에서도 거두 같은 존재였다.

"일단 정치를 시작한 이상 욕심이 없다면 거짓말이겠지요."

송정한은 고개를 끄덕거리며 말했다.

세상을 바꾸고자 국회의원이 되었다.

대통령은 그 일을 완성하기 가장 좋은 자리다.

"그러니 우리가 밀어줄 때 적극적으로 나서 봐요. 나중에 우리에게 한자리씩 챙겨 주는 거 잊지 말고."

정치도 결국은 거래다.

선거만 끝나면 낙하산이라는 말이 많은데, 사실 그건 말장난이다.

자신과 신념과 의지가 같은 동지를 놔두고 굳이 아무것도 모르는 놈들을 누가 쓰려고 할까?

여당이든 야당이든 결국 낙하산이라고 하는 건 그저 자신들의 자리를 빼앗겼다는 것에 대한 투정일 뿐이다.

대통령이 되면 새로운 사람을 뽑아야 하는데, 그걸 추천해 줄 사람은 결국 주변의 사람들뿐이다.

자신과 반대되는 당이 추천해 주는 사람을 쓰는 사람은 없다.

그는 필연적으로 자신에게 칼을 꽂을 사람이니까.

즉, 낙하산 인사라는 건 전형적인 내로남불이다.

그런 식으로 상대방에게 타격을 입혀서 흔들겠다는.

그렇게 비난하던 자들은 권력을 잡게 되어도 과연 주변 사람들을 쓰지 않을까?

절대 그렇지 않다.

"송 의원, 내가 왜 송 의원을 미는지 알아요?"

"솔직히 잘 모르겠습니다."

송정한에게 찾아와서 대권을 이야기하고 다음을 준비하자고 한 것은 다름 아닌 유찬성 의원이었다.

처음에는 농담하는 줄 알았지만 유찬성은 진지했고, 송정한은 오랜 시간 끝에 결심을 굳혔다.

"자네는 적폐의 핵심이 누구라고 생각하나?"

"네?"

"적폐의 핵심 말이야. 홍안수가 끝이라고 생각하나? 절대 아니지. 나는 자네보다 몇 배나 정치 경험이 많아. 그래서 누구보다 잘 알지. 그가 수장이기는 하지만, 결코 전부는 아니야."

정치권에서 부패가 박멸되지 않는 이유가 뭘까?

그건 부패한 자가 심어 둔 자들이 있기 때문이다.

그 부패한 자는 정상적인 정권에서 고용된 공무원들과 일반적인 공무원들을 잘라 내기 위해 온갖 협잡질을 다 한다.

반대로 정상적인 대통령이 된다고 해서 그들을 자를 수는 없다.

정상이라면 법과 질서 안에서 싸우려고 하기 때문이다.

"무슨 말씀을 하시는지 알 것 같습니다."

원래 송정한은 판사였다. 그리고 오랜 시간 변호사를 해왔다.

"악과 싸우는 건 결국 비슷하네요."

박기훈이 박멸을 시도하고 있다고 하지만 여전히 많은 친일파가 자리를 지키고 있다.

그리고 그들이 큰 실수라도 하지 않는 이상 공무원의 특성상 자르는 건 쉽지 않다.

"노 변호사가 많이 쳐 냈다지만 결국 일부 수뇌부일 뿐이고 빙산의 일각이야. 여전히 남은 자들이 있고 그들이 기회를 노리고 있네. 애석하게도 우리는 정권의 기간이 길었던 적이 없지."

자유신민당은 정권을 잡으면 보통 10년에서 20년인 데 반해 송정한이 소속된 민주수호당은 간간이 5년씩밖에 하지 못했다.

이유는 간단하다.

민주수호당이 정권을 잡아도 그 아래에서 반항하기 때문에 제대로 일이 해결되지 않아, 언론사까지 여당에서 경제를 망친다고 몰아붙여 왔으니까.

아무리 잘해도 민주수호당은 욕먹는 대상이었고, 다음 정권에서는 다시 자유신민당이 권력을 잡았다.

"하지만 이번은 기회지."

언론은 노형진에게 당해서 힘을 잃었다.

검찰과 법원 역시 과거에 비해 힘이 엄청 빠진 상황.

"우리가 다음 정권을 제대로 넘겨줘야 하네. 최소한 10년, 그 시간이 지나야 정상적인 운영이 될 게야."

그래야 그들이 뽑은 놈들이 그만두거나 실수하거나, 자신들의 사람들이 승진해서 그들을 찍어 누를 수 있는 자리에 들어갈 수 있다.

“5년? 그래, 박기훈 대통령이 잘하고 있기는 해. 하지만 그 기간 동안에 절대 못 하는 것도 있는 법이네.”

유찬성의 말에 송정한은 고개를 끄덕거렸다.

“하지만 왜 저입니까, 다른 분도 계신데?”

“대부분은 나와 같지. 이 바닥에서 살아남기 위해서는 부패할 수밖에 없었네.”

유찬성이라고 해서 대통령에 대한 꿈이 없겠는가?

하지만 이미 그는 살기 위해 부패해야만 했다.

대부분이 그랬다.

“자유신민당보다야 덜하다고 자부하지만, 부패하지 않은 건 아니니까.”

그리고 그동안의 경험상 그러한 부패를 검찰이나 법원이 그냥 두고 넘어가지는 않을 것이다.

“그들은 현 정권하에서만 조용히 입 닥치고 있으면 권력을 다시 잡을 수 있다고 생각하네. 언제나 그래 왔으니까.”

그리고 아무리 박기훈이 막장이라고 해도 없는 죄를 만들어서 뒤집어씌울 수는 없다.

“자네는 그들과 다르네. 자네가 잘한다면 자네 다음도 아마 우리가 잡겠지. 그러면 15년이네. 15년이면 부패한 자들과 친일파를 박멸할 수 있네.”

유찬성의 말이 맞기에 송정한은 고개를 끄덕거렸다.

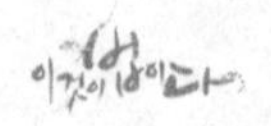

"알겠습니다. 하지만 이거 대놓고 말하면 안 되는 거 아시죠?"
"허허, 이 사람. 나 정치인일세."
벌써부터 출마를 이야기하면 선거법 위반이 된다.
그랬기에 한 말이다.
"미래를 부탁하네, 송 의원. 자네에게는 가장 강력한 칼이 있지 않나?"
송정한은 어색한 미소를 보였다.
"그 칼은 정치에 관심이 없어서요."
"그래서 자네를 미는 걸세. 정치에는 관심이 없지만 자네는 도와줄 테니까. 정치에 관심이 있는 칼은 필연적으로 부패할 수밖에 없어."
"하하하……."
틀린 말은 아니었기에 송정한은 어색하게 웃었다.
그 잠깐의 웃음 후, 유찬성이 다시 입을 열었다.
"하지만 자네가 조심해야 할 게 있네."
"무엇을……?"
"아니, 이건 자네가 아니라 노 변호사가 준비해야 할 걸세."
"노 변호사가요?"
"그래."
진지하게 고개를 끄덕거리는 유찬성.
"저들은 우리 쪽에서 새로운 대권 주자가 나오는 걸 원하지 않아. 그래서 그때마다 칼을 휘둘렀지. 이번에도 그럴 걸

세. 아마도 최후의 발악이 될 테니까.”

그 말에 송정한은 침을 꿀꺽 삼켰다.

그렇게 시간이 지나고 어느 정도 사태가 안정되었을 때 노형진은 황당한 뉴스를 들었다.

-송정한 의원이 구 성화로부터 500억대의 뇌물을 받아 챙긴 혐의로 수사가 진행 중입니다. 송정한 의원은 오늘 아침 검찰에 긴급체포 되었으며 구속영장이 청구되었습니다.

“저거 뭔 개소리야?”

동료들과 함께 점심을 먹고 커피를 한잔 마시던 노형진은 입을 쩍 벌렸다.

송정한이 성화로부터 뇌물을 받았다? 그건 말도 안 된다.

성화가 존재할 때 송정한은 국회의원도 아니었을뿐더러, 그가 국회의원이 된 후에는 성화와는 철천지원수가 된 상황이다.

그런데 성화가 송정한에게 돈을 왜 준단 말인가?

“이게 뭔 말입니까?”

“이거 뭔가 틀어진 게 분명합니다.”

다른 변호사들도 곤혹스러워하는 상황.

"당장 검찰로 들어가 봐야겠습니다."

노형진이 막 일어나려고 하는 그때 직원 중 한 명이 다급하게 다가왔다.

"노 변호사님, 손님이 오셨습니다."

"손님?"

"유찬성 의원님이시라고……."

유찬성이라는 말에 노형진은 눈을 찌푸렸다.

그는 민주수호당의 중진 의원이고 송정한을 지지하는 세력 중 한 명이다.

그가 이 와중에 놀러 온 건 아닐 테니 중요한 일일 텐데, 송정한을 검찰에 혼자 두기는 또 싫었다.

"검찰에는 내가 가지."

"김 대표님이요?"

김성식은 자리에서 스윽 일어나 고개를 끄덕였다.

"아마도 유 의원님은 이번 일로 온 것일 테니. 그리고 자네가 가 봐, 검찰에서 좋게 보겠나. 자네는 검찰에게는 철천지원수인데."

"으음……."

"나는 좀 낫겠지."

어찌 되었건 중앙수사부의 부장으로 권력의 핵심 인물이자 저들의 대선배다. 그러니 확실히 노형진보다는 관리가 더

쉬울 수도 있다.

"알겠습니다. 잘 부탁드립니다."

"자네도 유 의원님과 잘 이야기해 보게. 상황이 이해가 가지 않으니까."

"네."

노형진은 고개를 끄덕거렸다.

김성식은 그런 그를 뒤로하고 다급하게 검찰로 향했다.

잠시 후 노형진의 사무실 안으로 유찬성이 들어왔다.

"시간이 없으니 바로 이야기하도록 하지. 여기 안전하지?"

"네, 안전합니다."

"좋아. 그러면 바로 이야기하겠네. 이번 사건, 검찰에서 꾸민 게야."

노형진은 눈을 찌푸렸다. 이해가 가지 않았으니까.

이번 사건이 무슨 사건인지는 알고 있다. 그런데 뜬금없이 그게 검찰에서 꾸민 거라니?

"송 의원님 말씀이십니까?"

"그래. 고전적인 거지."

"고전적이라니요?"

"검찰은 자신들과 다른 목적을 가진 사람들을 쳐 내는 걸로 유명하지. 선거에서 떨어트릴 수는 없으니까 가짜 죄목을 뒤집어씌우는 거야. 자네도 당해 보지 않았나?"

"그건 알고 있습니다. 그러면 송 의원님도 그렇게 당하고 계신 거란 말입니까?"

"송 의원은 현재 떠오르는 신성 아닌가? 몇 년 후에는 확실한 대권 주자가 되겠지."

"으음……."

노형진은 침묵으로 대답했다.

그동안 그도 정치를 많이 봐 왔다.

물론 가능하면 신경 쓰지 않으려고 하기는 하지만, 아예 안 쓸 수는 없는 노릇이다.

더군다나 변호사라는 입장을 생각하면 그 뒤에 있는 것까지 모르지는 않는다.

"대권 주자 사냥이라는 말씀이시군요."

"잘 아는군. 오래된 수법이지."

검찰이 선거에 직접 개입할 수는 없다.

그러나 다른 방법이 있는데, 그게 바로 죄를 뒤집어씌우는 거다.

만일 제대로 뒤집어씌우면 그의 정치생명은 끝난다.

반대로 실패해도, 낙인 효과로 인해 지지율은 급속도로 떨어진다.

"그런 식으로 검찰은 자기들의 권력을 유지해 왔네."

그리고 그 권력과 손잡고 이권을 챙긴 것이 바로 자유신민당이었다.

"하지만 공수처가 생기지 않았습니까?"

고개를 끄덕거리는 유찬성.

공수처가 생김으로써 무소불위의 권력을 휘두르는 검찰과 법원에 브레이크가 생겼다.

"그래, 그랬지. 그래서 최후의 발악인 게야."

"최후의 발악요?"

"그래. 단 5년일세. 5년 후에 대통령이 바뀌면 어떻게 되겠나?"

"그건……."

"공수처법은 걸레짝이 될 걸세. 새로운 권력의 유지 방법쯤 되겠지."

공수처는 권력을 가진 자들을 견제하기 위해 만들어진 조직이다.

반대로 말하면 그 자체도 권력 집단이라는 소리다.

"다음에 정권이 바뀌면 공수처법이 어떻게 될지……."

아마도 그 공수처법을 이용해서 자유신민당은 민주수호당을 비롯한 정적들을 압살하려 할 것이다.

지금까지 그래 왔으니까.

삼권분립은 서로를 견제하도록 되어 있으나 지켜지지 않는 것처럼, 공수처는 부패한 정치인을 잡는 게 아니라 정권 탄압의 도구가 될 수도 있다.

"자네도 알다시피 공수처장은 임명직이야. 그 말은, 정권이 바뀌면 칼의 주인도 바뀐다는 소리지."

당연하게도 그 칼은 반대파를 향할 수밖에 없다.

"하지만 정권이 10년간 지속되면 그걸 바꿀 수 있는 기회도 적어질 걸세."

물론 자유신민당이 정신 차리고 제대로 정치를 하게 된다면 모를 일이지만, 지금 자유신민당 의원들의 마인드를 기준으로 생각하면 그건 무리다.

"웃긴 일이지만 자유신민당이 살기 위해서는 현재 당내의 권력을 가진 세력을 쳐 내야 하지. 하지만 그건 불가능하네."

그러면 선거에서 이길 방법은 뭘까? 답은 하나다.

"자신들이 올라갈 수 없으니 상대방을 끌어내린다는 거군요."

"그래, 맞아. 지금까지 검찰이 우리 대권 주자들을 작살내는 방법 중 하나였지."

그렇게 함으로써 결국 파워 게임에서 자유신민당의 대권 주자가 더욱 유리하게 만드는 것이다.

지명도에서도 권력에서도 자유신민당이 유리하게 만들어 선거를 드러나지 않게 조작하는 것.

"그게 검찰의 주특기일세."

"으음, 하지만 지금도 그게 먹힐까요?"

노형진도 그 방법은 안다.

검찰에서 가장 흔하게 쓰는 방법이니까.

그러나 결정적인 문제가 있으니, 바로 언론이다.

"이런 말 하긴 그렇습니다만 제가 언론을 반쯤은 작살내

놔서…….”

증거도 없이 고발하고 그걸 가지고 처벌을 하는 검찰과 법원.

그러한 방법의 핵심은, 언론에서 그걸 무차별적으로 퍼 나르면서 일종의 인민재판을 하는 것이다.

“하지만 이제 그 방법은 못 쓸 텐데요.”

노형진은 그 건에 대해 해결책을 제시했고 그에 따른 손해배상도 청구했다.

그것도 단순히 청구한 정도가 아니라 피도 눈물도 없이 악착같이 받아 내고 있는 중이었다.

어느 정도로 악착같이 받아 내고 있냐면, 그러한 허위 사실 유포로 짭짤한 보너스를 타던 기자가 한 명 있었다. 허위사실 유포로 200건이 넘는 기사를 써서 보너스로 수백만 원을 받아 챙겼다.

노형진은 그에게 고소를 넣고 그의 전 재산을 압류하고 그의 선임과 편집자를 업무상배임으로 고발하는 등 그 책임을 물었고, 그 결과 그는 자살했다.

남을 죽일 때는 행복했지만 자신이 공격당하니 죽고 싶었던 모양이다.

물론 죽었다고 해서 노형진이 봐줄 사람은 아니었다.

노형진은 법원에 요청해서 그의 장례식장에 들어온 부의금에까지 가압류 딱지를 붙였다.

사실 부의금의 경우는 상속으로 봐야 할지 아니면 기증으로 봐야 할지 알 수가 없는 돈인지라 법원의 판결을 기다리고 있는 상황이었다.

그래서 가압류를 건 것이다.

독한 짓이라고 사회적으로 욕먹었지만, 노형진이 그렇게 한 이유는 누구도 다시는 펜으로 사람을 죽이지 못하게 하기 위해서였다.

그의 직업이 기자이다 보니 동료 기자들이 조문하러 많이 왔다가 그 꼴을 두 눈으로 똑똑히 봤다.

그 이후에 가짜 뉴스를 쓰는 놈은 한 명도 없었다.

말 그대로 일벌백계를 노리고 사회적으로 욕먹는 걸 각오하고 한 일이었다.

"전처럼 검찰이 나불거린다고 해서 그걸 무조건 퍼 나르지는 않을 텐데요? 더군다나 김일성의 증언이라면서요?"

김일성에게 있어서 송정한은 원수 중의 원수다.

물론 성화를 날려 버린 것은 대룡이고 그 주요 전략을 짠 건 노형진이지만, 대룡과 성화의 싸움에서 대룡의 의뢰를 받아서 움직인 것은 새론이었다.

"그놈이 억하심정으로 고발했다고 봐도 무방하지 않습니까?"

"확실히 언론의 힘이 빠지기는 했지. 하지만 단순 사실의 전달은 처벌이 불가능하네. 알지 않나?"

"그건 그렇지요. 확실히 그것만으로도 이미지는 망가트릴 수 있겠네요."

'뇌물을 받았다.'라고 언론에서 말할 수 없지만 '검찰에서는 뇌물을 받았다고 주장하고 있다.'라고 보도하는 건 불법이 아니다.

그리고 그에 대한 항변은 보도하지 않으면 그만이다.

보도를 하지 않는 것을 뭐라고 할 수는 없기 때문이다.

"언론 역시 자네 때문에 권력을 잃어버리기 직전일세."

노형진은 턱을 문질렀다.

'하긴, 이것도 수법이기는 하지.'

가짜 뉴스를 적극적으로 전달하는 것뿐만 아니라 마땅히 전달해야 하는 걸 하지 않는 것도 언론사들의 방법 중 하나였다.

'가짜 뉴스만 근절해도 어느 정도 해결될 거라 생각했는데.'

노형진은 인간의 권력에 대한 욕심에 자신도 모르게 혀를 내둘렀다.

"지금까지와는 다른 싸움일세. 지금까지 언제나 그래 왔지."

웃긴 일이지만 사람들은 자유신민당보다는 민주수호당에 더 깨끗함을 요구한다.

자유신민당이 부패했지만 일 잘하는 이미지를 만들어 왔다면, 민주수호당은 일은 좀 못해도 덜 부패한 이미지를 만들어 왔다.

물론 그건 실적으로 조사해 보면 전혀 아니지만, 지금까지 언론이 그렇게 그려 온 것은 사실이다.

"그래서 이런 이슈가 생기면 아무래도 불리한 건 우리야."

안 좋은 이미지가 생기면, 일도 못하는 주제에 부패한 집단이라는 공격을 받게 되는 거다.

"사전에 공격이 시작될 거라 생각하기는 했습니다만 이렇게 갑작스럽게 진행될 줄은 몰랐습니다. 더군다나 선거는 아직 멀지 않았습니까?"

"선거만의 문제가 아니지. 지지 세력이 떨어져 나간다는 것은 권력의 유지도 힘들어진다는 걸세."

박기훈 대통령은 누구보다도 강력한 개혁을 주장하고 또 실제로 이행하고 있는 사람이다.

그리고 그건 사람들에게 지지받고 있는 상황이고.

"그런 사람을 막을 수는 없지. 그러면 방법이 뭐겠나?"

"수족을 자르겠군요."

수족을 자르고 식물 대통령을 만들어 버린 후 아래에서부터 명령에 반기를 들면서 사회적 시스템을 무너트린다.

그리고 그걸 모두 대통령의 책임으로 돌려서 그 책임을 묻고 다음 선거에서 이긴다.

"이게 전형적인 자유신민당의 방식이네."

"으음……."

"그래서 내가 자네를 찾아온 거야. 자네도 알다시피 이번 일은 시작에 불과해."

송정한은 후보 중에서도 가장 힘이 약하고 경력도 짧은 사람이다.

그런 사람인 만큼 저항도 힘들다.

"하지만 이름이 알려진 만큼 우리가 부패하고 무능력한 집단이라는 이미지를 박기에는 좋은 대상이지. 다음 선거는 엄밀하게 말하면 몇 년 안 남았네. 대선이 아니라 총선이 있으니까. 지방선거도 있고."

천천히 손과 발을 자르고 박기훈을 질식사시키는 전략을 위해서는 지금부터 총동원령을 내려야 한다.

"후안무치하군요."

그들이 밀어준 사람이 일본의 스파이였고 그 때문에 나라에 내전이 터질 뻔했다. 그런데 그들은 반성하기는커녕 전처럼 다시 권력을 쥐려고 하는 중이다.

"아마도 권력을 쥐면 일본과 다시 손잡으려고 하는 놈들도 많을 걸세."

노형진은 턱을 문지르다가 한숨을 쉬었다.

"그러면 저보고 그걸 막으라는 말씀이신데……."

"그러네."

유찬성의 말에 노형진은 머리를 긁적거렸다.

지금까지 수십 년을 그렇게 당해 왔다. 그런데도 막지 못했으면서 이제 와서 막으라니.

"사실 방법이 없는 건 아닙니다만."

"방법이 있다고?"

쉽지 않을 거라 생각한 일이었다.

그런데 노형진의 입에서 방법이 있다는 말이 나오자 유찬성은 눈을 크게 떴다.

"아니, 방법이 있다니, 그게 무슨 말인가? 우리 수뇌부에서도 방법이 없다고 생각했는데."

노형진은 어이가 없다는 표정으로 한숨을 쉬었다.

그럴 만했다. 사실 이건 신묘한 기책 같은 것도 아니니까.

정상적인 시스템이었다면 당연히 이루어졌어야 하는데 지금은 시스템이 워낙 비정상인지라 제대로 이루어지지 않는 것뿐이다.

"삼권분립 아닙니까? 그러니 그걸 이용해서 막으면 되는 겁니다."

"그래서 우리가 판사의 결정에 터치를 못 하지 않나?"

"오해하시는 것 같은데, 삼권분립은 서로가 서로를 견제하는 겁니다. 각자 자기 갈 길을 가자는 게 아니고요."

"응? 그게 뭔 소리인가?"

"음, 아무래도 유찬성 의원님께서는 법관 출신이 아니라서 잘 모르시는 모양이네요. 하긴 잘 아는 법관 출신의 변호사들이 입 닥치고 있으니 제대로 돌아갈 리가 없겠지요."

노형진은 그렇게 말하면서 차분하게 설명했다.

"견제라는 것은 상대방에게 피해를 줄 수 있다는 의미입니다."

가령 검찰의 경우는 그게 누구든 기소할 수 있는 기소독점권을 가지고 있다.

판결을 내리는 사법부의 경우는 그렇게 기소된 사람들에 대한 처벌을 결정할 강력한 힘을 가지고 있다.

“그렇다면 정상적으로라면, 입법부에도 그런 힘이 있어야 균형이 맞지 않겠습니까?”

법을 만드는 것은 보복 행위가 될 수 없다.

애초에 보복 행위로 법을 만들어도, 헌법재판소에서 위법 판단을 내리면 그건 의미 없는 행동이 될 뿐이다.

“그러면?”

“지난번에 법원과 싸울 때는 저희가 터치하지 않았습니다만…….”

그때는 정치권과는 상관이 없는 싸움이었으니까.

하지만 이번처럼 정치권과 함께 싸울 때는 이쪽이 강력한 무기를 가지게 된다.

“입법부는 탄핵할 수 있습니다.”

“탄핵?”

“네. 사람들은 탄핵이라고 하면 보통 대통령만 생각하지만, 사실 탄핵의 대상은 대통령만이 아닙니다.”

법적으로 탄핵의 대상은 법관과 검사 그리고 경찰청장이나 선관위원장 등 주요 임명직 전부다.

“그런데 대한민국에서는 그런 주요 임명직들이 탄핵당하는 일이 일어난 적이 없지요.”

"탄핵이라고?"

유찬성은 눈을 살짝 찌푸렸다.

그건 생각도 못 해 본 일이기는 하니까.

"지금까지는 대통령과 국무총리 그리고 검찰총장 정도만 탄핵이 이루어졌지요."

그러나 법적으로 본다면 일반 검사나 판사의 탄핵도 가능하다.

"하지만 그게 쉬운 건 아닐세. 저쪽에서 도와주지 않을 테니까."

만일 이쪽에서 이번 사건의 판사와 검사의 탄핵을 시도한다면 자유신민당 쪽에서는 도와주지도 않을 뿐 아니라 정치적 공격이라고 거품을 물 것이다.

"그건 그렇습니다만, 탄핵은 법률적 과정이긴 하나 재판은 아니지요."

"그게 무슨 소리인가?"

"탄핵은 확실한 법원의 결정이 있어야 하는 건 아니라는 겁니다."

법률 어디에도 확정 판결된 경우에만 탄핵이 가능하다는 말은 없다.

그런 경우는 제대로 브레이크로 작동되지 않을 가능성이 높기 때문에 빠진 것이다.

판검사를 탄핵해야 하는데 그걸 결정하는 건 결국 판검사니까.

"설마?"

"검찰에서 수사를 시작했습니다만 판사는 아직 배정된 게 아니죠. 그런데 만일 그들을 빼고 무차별적인 탄핵이 이루어진다면 어떨까요?"

"그들을 빼고?"

"그렇습니다."

노형진은 고개를 끄덕거렸다.

"판사든 검사든, 뒷배가 없다면 정치 사건은 담당 못 합니다."

순수하고 깨끗한 정치 사건? 그딴 건 없다.

법원이든 검찰이든 정치 사건을 배당할 때는 뒷배가 있고 관련이 있는 사람에게, 정확하게는 자신들에게 이득을 줄 수 있는 사람에게 배당하려고 한다.

"그리고 제 경험상 정치적인 판단을 하는 판사나 검사가 부패하는 것은 거의 정설이거든요. 그리고 탄핵의 조건은 상당히 포괄적입니다."

기본적으로 어떤 형태든 범죄를 저지르면 탄핵의 대상이 된다.

동시에 헌법을 위반하면 탄핵의 대상이 된다.

"전자라면 뭐 어렵지 않지요. 털어 내면 안 나올 것 같습니까?"

"으음……."

서로 손잡고 기소를 하지 않을 뿐이지, 검찰과 법원은 뇌물 수수 정도는 기본적으로 깔고 간다고 봐도 무방하다.

"그게 아니라고 해도, 법률적 판단이 헌법을 위반한다고 몰아붙이면 그만이고요."

가령 동일한 범죄에 대해 남자는 3년, 여자는 1년에 집행유예를 선고했다면 헌법상에서 말하는 차별 금지를 위반했다고 주장하며 해당 판사를 탄핵해 버리면 된다.

"그리고 저쪽에서 도와주지 않을 거라고 하셨는데, 그게 상관있나요?"

일단 탄핵이 이루어지면 그 탄핵 사유에 대해 집중적인 조사가 시작된다.

그리고 그걸 공개하고 사람들의 판단을 기다리게 된다.

"사람들은 법원과 검찰에 대한 불신이 아주 심합니다. 그러나 지금까지 그걸 견제할 방법이 없어서 두고 볼 뿐이었지요."

"하지만 우리가 그런 식으로 공개하기 시작한다면?"

"법원과 검사는 곤란한 처지가 되지요. 그건 자유신민당 역시 마찬가지일 테고요."

정확하게는 판사와 검사에 대해 탄핵이 걸리면 그 조사 내역은 공개된다.

그리고 국민들은 그걸 알고 분노하게 된다.

당연히 대세는 탄핵으로 넘어가게 된다.

"문제는 그런 판사나 검사의 경우는 자유신민당과 손잡았을 가능성이 높다는 겁니다."

그렇게 되면 자유신민당은 그들에 대해 실드를 쳐야 한다.

"선거에 악영향을 주겠군."

"맞습니다."

적극적으로 협조해서 탄핵하자니 자기들에게 힘을 주는 자들이 사라지는 거고, 그냥 막자니 그게 외부에 드러나면서 심각한 민심 이반을 겪게 될 것이다.

"저들의 목표가 우리의 주요 후보를 작살내는 거라면, 우리는 그들의 이미지에 똥칠을 해 버리면 됩니다."

탄핵에 반대할수록 결국 그들은 부패하고 썩었다는 걸 인정하는 꼴이니까.

"물론 그에 따른 반작용을 막기 위해서라도 확실한 사람을 위주로 해야 합니다."

어쭙잖게 누명을 씌우는 탄핵을 하게 되면 그 반작용이 어마어마하다.

하지만 제대로 탄핵한다면, 사람들은 그동안 정리하지 못한 검찰과 법원에 대한 정리가 시작된다며 환호할 것이다.

"탄핵이라……."

유찬성은 흥미가 도는 얼굴로 중얼거렸다.

"그리고 이쪽에서 탄핵을 휘두르기 시작하면 저들은 우리 쪽을 공격하기 힘들어집니다."

탄핵이라는 과정을 거치기 위해서는 과거에 대한 모든 조사가 기본이다.

그 과정에서 추문이 드러나는 것은 당연한 일이고, 검찰이든 법원이든 그렇게 추문이 드러난 자를 계속 데리고 있을 수는 없으니 결국 잘라야 한다.

“좋은 생각이기는 하군. 하지만 그 적당한 대상이 누가 있는지 모르겠군. 상징성이 있는 사람이어야 하는데 말이지.”

노형진은 고개를 끄덕거렸다.

확실히 어쭙잖은 일반 판사나 검사를 공격하는 것은 뻘짓이다.

사법부와 검찰의 수뇌부에 확실하게 각인시킬 만한 놈들이 필요하다.

“그런 사람이 설마 없겠습니까?”

“응? 있다고? 설마 이 모든 걸 예상하고 준비한 건가?”

“그건 아닙니다만, 당한 사람들이 워낙 많아서요.”

“당한 사람들이 많다고?”

“정보길드가 있지 않습니까?”

“아!”

정보길드는 범죄자의 범죄 내역을 돈을 주고 모아 적당한 가격에 판매하는 곳이다.

그곳에서는 그야말로 온갖 정보가 판매된다.

“없으면 현상금을 내걸면 그만입니다. 그리고 제가 대상으로 삼으려고 하는 놈들은 이미 정보가 있고요.”

물론 노형진이 모든 제보의 내용을 다 알고 있는 것은 아니다.

하지만 그 둘에 대해서는 알 수밖에 없는 게, 둘 다 과하다 싶을 정도로 제보가 많은 대상이어서 따로 보고가 올라오기 때문이다.

"그렇잖아도 그 둘에 대한 처벌 방법을 고민 중이었습니다."

제보 내용은 많고 증거도 있지만 그들은 검사와 판사다.

분명 신고해 봐야 자기들끼리 덮을 게 뻔한지라 그들을 어떻게 처벌할까 고민하던 중이었는데 이런 일이 터진 것이다.

"이번 기회에 그들을 시작으로 제대로 경고하는 것도 나쁘지 않겠네요."

"그들이 누군가?"

"그들이 누구냐면 말입니다……."

서울동부검찰청의 박장식 청장과 서울중앙고등법원의 이산술 판사는 일찌감치 노형진의 공격권에 들어온 상황이었다.

박장식 검찰청장의 경우는 전형적인 정치 검사다.

소위 말하는 공안 검사로, 차기 검찰총장으로 밀어주는 인물이다.

"그런데 이게 참 웃긴단 말이지."

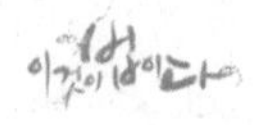

원래 역사에서 박장식은 동부검찰청장은커녕 제대로 승진도 못하다가 방출된 인간이었다.

당연히 차기 검찰총장 후보도 되지 못했다.

그런 그가 이번 생에서 후보가 된 것은 결국 노형진 때문이었다.

노형진에게 당한 수많은 선배들의 빈자리를 메꾸기 위해 승진하다 보니 그렇게 성장한 것.

"결국 싸움에는 끝이 없는 것 같네."

당장 눈앞의 악을 정리한다고 해서 끝이 아니다.

그 자리를 메꾸기 위해 누군가는 또 올라온다.

그리고 그게 선이냐 악이냐에 따라 결과가 달라지는데, 애석하게도 한국의 시스템은 선보다는 악이 승진하기 좋은 구조다.

"범죄 사실도 아주 개판이고."

그는 간첩 조작 사건이 두 건이다.

물론 그때는 자유신민당 시기라 흐지부지 넘어갔지만, 그 이후에도 여러 가지 사건을 덮으려고 하거나 보복 차원에서 진행하는 경우가 많았다.

"그리고 그걸 받아서 처리해 준 게 바로 이산술이고."

사건이 너무 확실해서 기소가 불가피하다면 박장식이 징역 1년 6개월 정도를 구형해서 이산술에게 넘기고, 이산술은 그걸 징역 1년에 집행유예 2년 정도로 깔끔하게 처리한다.

그중에는 살인으로 의심되는 사건도 있었는데, 그들은 뜬금없이 정당방위를 이유로 그렇게 선고한 것이다.

한국의 재판부는 정당방위를 거의 인정하지 않는다는 점을 생각하면 어이가 없는 판결이다.

"그리고 보통은 보복한단 말이지."

대표적인 예가 명예훼손 사건.

정치인은 공인이다.

당연히 정치는 욕먹을 각오를 하고 시작해야 하는 일이다.

그런데 모 정치인이 너무 많은 잘못을 저질러서 그 사실이 인터넷에 떠돈 적이 있었다.

당연하게도 그 잘못은 실수 따위가 아니라 범죄였고, 그걸 경찰과 검찰이 덮어 줬었다.

그러나 인터넷을 통해 자꾸 소문이 퍼져 가자 청탁을 받은 박장식은 글을 올린 사람들을 무차별적으로 조사해서 넘겼고, 이산술은 그들에게 실형으로 징역 2년씩을 때렸다.

명예훼손의 최고 처벌이 징역 2년이고 상대방이 공인인 국회의원이며 그 행위가 그의 범죄행위라는 점을 감안하면 아주 이상한 판결이었다.

그러니 그들은 그렇게 진행했고, 무려 열세 명이 징역 2년을 받고 감옥으로 들어갔다.

당연히 그 소문이 나면서 누구도 그 정치인의 범죄 사실을 이야기하지 않게 되었고, 그 결과 그 정치인은 여전히 떵떵

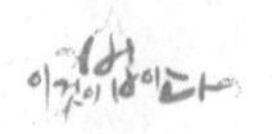

거리면서 정치를 잘하고 있다.

“그러니까 이런 짓거리를 하지.”

그들이 저지른 범죄 내역은 한두 가지가 아니었다.

뇌물을 받는다는 사실이 널리 알려진 두 사람이다.

그래서 그들에게 사건이 배정되면 일단 변호사들은 뇌물을 줄 수밖에 없다.

안 주면 가혹한 처벌이 기다리기 때문이다.

그렇다고 뇌물 수수로 고발할 수도 없다.

일단 뇌물을 줬다는 것 자체에서부터 자신도 위법한 범죄자가 되는 데다가, 검찰이나 법원의 특성상 그런 내부 고발을 하는 사람에게 가혹할 정도의 보복을 하기 때문이다.

새론도 겪었지만, 그에게 사건을 의뢰하면 무조건 최고 형량을 때려 버리는데 그 변호사에게 누가 사건을 의뢰하겠는가?

더군다나 고발해 봐야 기소권을 검찰이 독점하고 있으니 당연히 처벌되지 않고 말이다.

“뇌물은 그렇다고 쳐도 말이지.”

그래서 그게 가장 많이 들어온 제보 사항이다.

두 번째 제보 사항은 박장식과 관련된 것으로, 폭행이었다.

사실상 고문이라고 봐도 무방할 정도다.

자신에게 배당된 사건의 의뢰인을 지속적으로 폭행하고 잠을 재우지 않는 방식으로 괴롭혀서, 없는 죄까지 토해 내도록 만드는 게 그의 실적을 올리는 수법이었다.

그가 그렇게 행동하는 이유는 간단하다.

뇌물을 달라는 거다.

뇌물만 주면 적당히 집행유예를 내려 주겠다는 것.

그걸 그런 식으로 강요하는 것이다. 대놓고 뇌물을 요구할 수는 없으니까.

"접대 같은 건 너무 당연한 일이고."

노형진은 그들의 서류를 보다가 턱을 문질렀다.

"이 정도면 탄핵을 걸어 버리기에는 충분하기는 한데."

물론 정치적 사건도 많다.

하지만 도리어 이런 경우에는 정치적 사건으로 탄핵을 걸어서는 안 된다.

그러면 자유신민당 쪽에서 정치적 사건으로 판사와 검사에게 압력을 행사한다고 역으로 거품을 물 것이기 때문이다.

"이거 말고 더 확실한 게 있기는 해야 하는데."

물론 이 정도도 충분하지만, 국민들이 관심을 가질 만한 건수는 아니었다.

범죄는 맞지만 판검사들은 죄다 하는 짓이라 그다지 충격적이지도 않다고 해야 하나?

모두가 다 아는 비밀이라는 느낌인지라 이것만으로 이슈화하기에는 조금 부족한 면이 있다.

"확실한 게 있어야 하는데……."

고민하던 노형진의 눈에 문득 그들의 범죄 사실 중 하나가

들어왔다.

"강간?"

제보로 들어온 사항이었지만, 보안 때문에 자세한 내용은 노형진에게 넘어오지 않았다.

그래서 당연히 단순한 강간이구나 하고 넘겼는데 생각해 보니 이상했다.

"강간을 한다고? 그럴 리가."

두 사람이 '인간'이어서 그런 짓은 하지 않는다는 게 아니다.

그들의 권력이면 접대를 받는 건 어렵지 않은 일이다.

사실 1년 내내 받고 싶다고 해도 하루도 빠짐없이 받을 수 있는 게 그들이다.

그것도 소위 상위 10%만 간다는 텐프로급 술집에서 받을 수 있다.

그런데 강간이라는 건 강제로 누군가를 범한다는 의미다.

"그럴 필요가 있나?"

그들 입장에서는 굳이 그런 위험을 감수할 필요가 없다.

그런데 왜 강간했다는 제보가 들어왔을까?

"혹시……?"

노형진은 아직 드러나지 않은 사건 중 하나가 생각났다.

만약 그 사건이 맞다면…….

"어쩌면…… 한국이 뒤집어질 수도 있겠어."

⚖

별장 성 접대 사건.

대한민국을 발칵 뒤집었지만 검찰과 법원이 덮었던 성 접대 사건이다.

물론 성 접대야 검찰과 법원에서는 아주 흔하게 벌어지는 일이다.

그런데 이게 문제가 되는 건 몇 가지 이유 때문이었다.

첫 번째, 그 사건에 동원된 여성들이 전문 업소 여성이 아니라 민간인들이기 때문이다.

그 당시 그 성 접대에 동원된 여성들은 일반인이었으며 그들을 동원하기 위해 협박과 폭행을 했다는 것이 문제가 된 것이다.

“내가 왜 그 사건을 잊고 있었지?”

죽는 그 순간까지 그 사건은 검찰과 법원에서 필사적으로 덮으려고 하던 사건 중 하나였다.

그럴 수밖에 없는 게 그 내용이 실로 참혹했기 때문이다.

언론에서도 그 사건을 덮으려고 했기 때문에 자세한 사항은 보도하지 않았다.

그저 ‘모 기업인이 별장을 빌려서 그곳에서 성 상납을 했다’ 정도가 언론의 보도 논조였다.

하지만 사건의 진실은 좀 달랐다.

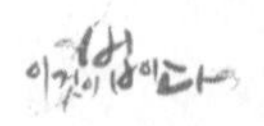

그 당시 접대했던 기업인은 여대생부터 주부까지 여자들에게 폭행과 협박, 심지어 마약 주입까지 해 가면서 접대에 강제로 동원했다.

마약을 먹여서 강간한 후 그 모습을 찍어서 시키는 대로 하지 않으면 내가 이거 다 뿌리겠다고 협박한 것이다.

그리고 당연하게도 그 접대를 받은 정치인과 검찰과 판사는 그 사실을 알고 있었다.

상식적으로 모를 수가 없다. 강제로 동원된 여성들이 거기서 좋다고 하하 호호 웃지는 않았을 테니까.

그러나 그들이 선택한 것은 그 범죄 사실을 처벌하는 것보다는 우는 여자들을 강제로 찍어 누르고 강간하는 것이었다.

"박장식이나 이산술이라면 충분히 가능하지."

그 당시 발표로는 대략 열 명 정도가 성 접대를 받았다고 했지만, 누구도 그걸 믿지 않는다.

동원된 여자가 몇 명인데 고작 열 명이겠는가?

더군다나 그 모든 범죄 사실이 명확함에도 불구하고 검찰의 대응은 불기소였다.

기소독점주의 때문에 결국 그들 중 누구도 처벌받지 않고 그대로 종료되어 버린 사건.

"그 사건을 제대로 한번 털어 볼까?"

그 사건이라면, 어쩌면 대대적으로 탄핵을 불러올 수 있을지도 모른다.

잊혀 버린 사건들

노형진은 역사를 가능하면 좋은 쪽으로 가게 하기 위해 많이 노력했다.

하지만 그 부작용도 없는 것은 아니었다.

대부분은 좋은 쪽으로 바뀌었지만 그 반작용도 있기 때문이다.

"뭐? 그딴 일이 있다고?"

유찬성 의원은 눈을 크게 떴다.

그럴 수밖에 없는 게, 그는 들어 보지도 못한 사건이니까.

"제보 사항 중 하나입니다."

노형진도 말하면서 자신의 실수를 인정할 수밖에 없었다.

'내가 좀 더 신경을 써야 했어. 드러나는 게 있다면 감춰지

는 것도 있는 법인데.'

원래 이 사건은 벌써 몇 년 전에 떠들썩하게 드러났어야 했다.

하지만 이번 생에서는 드러나지 않았다.

이유는 간단했다. 정권이 바뀌었기 때문이다.

원래 이 사건은 그 당시 차관 중 한 명이 연루되면서 외부에 드러났다. 그런데 권력이 바뀌면서 그 차관이 이번에는 차관이 되지 못했고, 그래서 사건이 추적되지도 않았다.

그 때문에 이번 생에서는 누구도 알지 못한 채로 덮여 있었던 것.

'내가 좀 더 기억을 더듬어야겠네.'

그 말은 여전히 그 일이 벌어지고 있을 가능성이 크다는 것이다. 아니면 감춰졌든가 말이다.

"제 정보가 맞다면 이번 사건은 심각한 문제가 될 겁니다."

"심각한 정도가 아니겠지."

"아마 이번 사건으로 검찰과 법원 그리고 공무원 세계에 마지막 남은 적폐 세력이 힘이 빠져서 무너질 가능성이 큽니다."

원래 역사에서 이 사건이 드러난 건 2013년이다.

그런데 지금까지 드러나지 않았다면 그 시간만큼 더 오래 접대가 이루어졌을 것이다.

"이 사건을 터트리면 검찰에서는 우리 쪽에 신경도 쓰지 못하겠군."

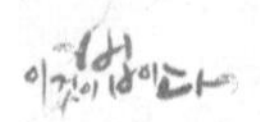

"그러겠지요."

노형진은 고개를 끄덕거렸다.

기본적으로 송정한을 지키기 위한 행동이기는 하지만 장기적으로 부도덕한 자들을 걸러 내기 위한 행동이기도 하다.

"송 의원에게 말해 줘야 하지 않겠나?"

"아닙니다. 이건 철저하게 송 의원님을 배제하는 쪽으로 가야 합니다. 그쪽과 연관되어서 움직이면 저쪽에서 사건으로 덮으려 한다는 주장을 할 수도 있으니까요."

"그러겠군."

"물론 그런 의견이 나오지 않을 수는 없지만 그들이 증거를 가지고 있고 없고의 차이는 크지요."

이쪽에서 송정한을 찾아간 후에 터지면 그 찾아간 것 자체가 정치적 증거가 되어 버린다.

"나도 정치인이지만 너무 복잡하고 머리가 아파."

유찬성 의원은 고개를 절레절레 흔들었다.

"그리고 저는 이번 기회에 당 내부에 신고처를 만들어야 한다고 생각합니다."

"신고처?"

"지금까지 검찰이나 법원에서 일으키는 범죄 사항에 대해서는 국민들이 어떻게 대항할 수 있는 방법이 없었지요."

"그건 그렇지. 아! 그렇군. 우리가 대응책이군."

탄핵이 가능하다는 것. 그건 이쪽에서 조사해서 탄핵에 회

부할 수 있다는 거다.

"물론 탄핵이 마냥 쉽지는 않을 겁니다. 일단 탄핵의 최종 결정은 법원에서 하니까요."

탄핵이라고 하면 국회에서 결정할 일이라고 생각하지만 그건 어디까지나 시작할 뿐이다.

최종 결정은 대법원에서 이루어진다.

실제로 이유도 없이 대통령에 대한 탄핵 시도가 있었을 때 법원에서 기각함으로써 종료된 적도 있다.

"하지만 이 정도 사건이면 아무리 대법원이 그들의 편이라고 해도 그냥 덮을 수는 없지요."

검찰과 법원은 자유신민당의 철저한 지지 세력이다. 기득권을 지키고자 하는 구조로 굴러가기 때문이다.

"그들의 힘이 빠진다면 그쪽도 힘이 빠질 수밖에 없지요."

"욕은 욕대로 먹고 말이지."

노형진은 고개를 끄덕였다.

"그런 의미에서 신고처를 만들어야 합니다."

"자네가 신고하려고 하는 거군."

"실적이 있고 없고의 차이는 어마어마합니다."

만일 실적이 없다면 사람들은 거기다가 뭔가를 신고하려고 하지 않을 것이다.

하지만 이번 사건 같은 걸 조사해서 탄핵을 이끌어 낸다면?

"검찰과 법원에 대고 휘두를 강력한 무기를 가지게 되는

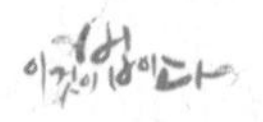

거지요.”

“으음…… 하지만…….”

유찬성은 고민하는 눈치였다.

그리고 그런 그의 고민을 노형진이 모르는 바가 아니었다.

“그들과 사이가 틀어질 걸 걱정하시는군요.”

“솔직히 말하면 그러네. 그걸 만드는 순간 검찰, 법원과는 사이가 완전히 틀어질 거야.”

노형진은 한숨을 푹 쉬었다.

전형적인 한국 사람의 마인드였으니까.

“의원님, 모 연예인이 한 말 중에 이런 말이 있습니다. 누군가 나를 이유도 없이 싫어하면 그 이유를 만들어 주라고.”

“으음…….”

“그리고 학교 폭력에 대응할 때 가장 멍청한 짓거리가, 피해자 부모가 가해자에게 우리 애랑 친하게 지내라고 설득하는 겁니다.”

절대 친하게 지내지도 않을뿐더러, 그러한 행동을 하면 가해자는 도리어 어른을 더 만만하게 보고 공격적으로 나온다.

“의원님, 툭 까고 말씀드리자면 지금까지 검찰과 법원이 단 한 번이라도 민주수호당에 우호적인 적이 있었습니까?”

“그건…… 없지.”

대한민국이 생긴 후 검찰과 법원은 언제나 민주 진영에 적대적이었다.

심지어 민주 진영 쪽에서 권력을 잡고 있을 때도 우호적인 게 아니라 어떻게 해서든 몰락시키려고 거품을 물고, 없는 사실을 만들어서 고소하고, 명예에 똥칠을 해 왔다.

"이쯤 당했는데도 여전히 가만히 있는다면 그건 그냥 호구 취급 해 달라는 소리죠."

"확실히 친하게 지내기는 힘들 것 같기는 하구먼."

유찬성은 인정할 수밖에 없었다.

지금 상황에서 저들이 자신들을 위해 뭔가를 해 줄 리는 없다는 걸 말이다.

"엄밀하게 말하면 그들은 누구의 편도 들어서는 안 됩니다."

법원과 검찰은 철저히 중립을 지켜야 한다.

그런데 그걸 지키지 않는다면?

"이쪽에서 무기를 쥐고 때려야지요."

"알겠네. 그러면 자네 말대로 일단 창구를 만들지. 하지만 그 이후에는 어떻게 할 생각인가?"

"간단합니다. 제가 가장 먼저 해당 사실을 제보할 겁니다. 물론 익명으로요."

그리고 그게 진행돼서 실적이 나온다면?

"아마 피바람은 피할 수가 없을 겁니다."

노형진은 확신하는 표정으로 말했다.

⚖

창구가 바로 만들어지지는 않았다.

유찬성이 설득하기는 했지만 그렇다고 해서 모든 의원들이 다 찬성하는 건 아니었으니까.

그러나 유찬성은 정치인답게 눈치가 빨랐다.

다음 선거에서 검찰과 법원이 가만히 있겠느냐고, 그들의 타깃이 우리가 될 수 있다고 설득했고, 그 말에 다들 찬성으로 돌아섰다.

대권 주자가 아니라고 해도 그들이 공격받는 것만으로도 이쪽 진영에 똥칠할 수 있기 때문에 공격을 멈출 가능성은 없으니까.

그리고 그렇게 만들어진 공권력범죄대책위원회.

그들은 공권력을 가지고 이루어지는 범죄 제보를 접수하기 시작했다.

물론 그 첫 번째 제보자는 노형진이었다.

정확하게는, 제보자를 설득한 게 노형진이었다.

"저희 쪽에 제보하신 걸 보면 처벌을 원하시는 게 맞지요?"

"네, 맞아요."

30대의 여성은 피곤한 얼굴로 말했다.

그녀는 나이로는 30대지만 자기 관리를 잘해서 그런지 얼핏 보면 아직 20대 같았다.

"어찌 된 건지 알 수 있을까요? 고소하신 걸 보니 김중학이라는 남자 때문에 당하신 걸로 되어 있던데요. 김중학은 어디서 만나신 거죠?"

"김중학은 학선건설 사장이에요."

학선건설은 중견 건설사다.

"그건 알고 있습니다."

"저는 거기 회사 직원이었어요."

"아……."

"갑자기 비서실로 발령이 났지요."

외모가 되는 여성을 비서실로 발령하는 건 자주 있는 일이다.

물론 대부분의 비서실은 사람들의 생각과 다르게 철저하게 측근이 고용된다.

비서의 업무란 일정을 조율하고 약속을 확인하는 정도에서 끝나지 않는다.

비서라는 건 그 뒤에서 일어나는 모든 일을 알고 있어야 하며 또 때로는 더러운 일도 해야 하기 때문에, 능력 있는 사람이 우선된다.

"그래서 이상하다고 생각했지요."

그리고 그렇게 비서실로 출근하던 중 김중학이 준 드링크를 먹고 기절했다고 한다.

"일어나 보니 제 위에 올라타 있더군요."

비교적 차분하게 말하는 그녀였지만, 짧게 끊어지는 말에

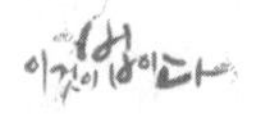

서 느껴지는 가느다란 떨림에 노형진은 그 고통이 얼마나 심했는지 알 것 같았다.

"그리고 얼마 후에 제 핸드폰으로 동영상이 하나 왔어요."

그리고 시키는 대로 하지 않으면 이 영상을 인터넷에 올리겠다고 협박했다고 한다.

촬영 이후에 편집한 건지, 절묘하게 남자의 모습은 가려져 있고 그녀의 모습만 나오는 영상.

그 때문에 어쩔 수 없이 끌려다녔다고 한다.

"그 부분에 대한 기록을 봤습니다. 성 접대에 동원되셨다고……."

조심스러운 질문이다.

피해자의 상처를 후벼 파는 질문이니까.

하지만 그녀는 결심을 강하게 한 듯 고개를 끄덕거렸다.

"네. 별의별 놈을 다 봤죠. 정치인에서부터 판검사까지."

노형진의 예상대로였다.

"그러면 다른 피해자들도 많았나요?"

"때마다 최소 열 명 정도 동원되었고, 많게는 서른 명 이상 동원되기도 했어요."

"서른 명요?"

순간 노형진은 귀를 의심했다.

그의 기억대로라면 검찰에서는 피해자가 열 명 선이라고 했으니까.

“대충 제 기억이 맞다면 백 명 정도는 될 거예요. 대부분 저같이 당한 애들이었는데, 여대생도 있었고 제일 어린 애들 중에는 여중생도 있었어요.”

“잠깐만요? 여중생이 있었다고요?”

“가출했다가 팔려 왔다고 했어요.”

“가출했다가 팔려 왔다라…….”

가출한 여자애들을 성매매로 모는 놈들은 넘치고 넘친다.

그걸 막기 위해 보호가 가능한 곳을 만들었지만, 그 존재를 모르는 애들이 훨씬 많은 것도 사실이니까.

‘그 당시에도 믿지 않았지만.’

피해자가 백 명이 넘는다는 말에 노형진은 침을 꿀꺽 삼켰다.

그녀가 모든 자칭 ‘파티’에 동원되지는 않았을 테니 그녀가 보지 못한 곳도 있을 것이다.

그러면 피해자는 더 많아질 수밖에 없다.

“김중학은 우리한테 마약까지 주사했어요.”

그러면서 자신의 팔을 내밀어 보이는 피해자.

거기에는 마약 투약자들에게서 흔하게 나타나는 주사 자국이 있었다.

“그런데 어떻게…….”

“마약에 취한 상황에서 남자 친구한테 발견되었어요.”

입술을 꽉 깨무는 그녀.

“남자 친구가 집에 왔다가 인사불성이 된 저를 발견한 거죠.”

그녀를 병원으로 데리고 갔고, 당연히 그곳에서 마약에 중독된 사실이 드러났다.

"남자 친구는 절 떠나는 대신에 절 마약 병동에 넣어 줬어요."

다행히 자의에 의해 한 마약도 아니었고 초창기라 심하게 중독된 것도 아니었기에 그녀는 마약에서 벗어나는 데 성공할 수 있었다.

"그러면 그 후에는 어떻게 되었습니까?"

"신고했지요."

"하지만 혐의 없음이 나왔다?"

"저한테는 무고로 처벌이 떨어졌어요. 징역 4년이 나오더군요."

노형진은 어이가 없는 표정이 되었다.

무고죄의 처벌은 10년 이하의 징역 또는 1,500만 원 이하의 벌금이다.

하지만 한국은 사실상 무고죄를 인정하지 않는 나라 중 하나다.

실제로 법을 바꾸기 힘드니 경찰 법률 처리 매뉴얼을 바꿔서 무고죄를 무력화하기도 했다.

그런데 징역 4년? 그 정도면 살인을 조작해서 넣어야 할 정도다.

"그런데 어떻게 여기에 계신 겁니까?"

만일 무고죄로 처벌이 나왔다면 목적은 하나다.

입 닥치고 있으라는 거다.

"남자 친구가 복수재단에 연락했어요."

"아……."

복수재단은 이런 사건에 대해 쉽게 파고드는 곳이다. 그리고 정보길드와 손잡고 범죄 사실을 공표한다.

"하여간 그래서 그쪽 변호사에게 복수재단과 정보길드에 접촉하고 있다고 하니까 2심에서 무죄 각이 나오더군요."

복수재단과 정보길드는 한국에서 덮는다고 해도 해외에서 터트릴 수 있는 조직이다.

더군다나 그 조직은 노형진이 만들었고 그 뒤에 마이스터와 미다스가 있다는 건 그다지 비밀도 아니니까.

'내가 그걸 만들기를 잘했네.'

뻔하다.

이런 사건을 복수재단에서 알게 되면 집중 공격 대상으로 특정한다.

아무리 김중학이 사업을 잘해도 노형진에게 찍히면 망하는 건 순식간이기에 꼬리를 만 것이다.

"그래서 저희 쪽으로 오신 거군요."

다행히 그녀는 포기하지 않고 정보길드와 제3의눈에 사건을 넘겼고, 그게 노형진에게까지 다다른 것이다.

"두렵지는 않으셨습니까? 솔직히 이번 건은 복수재단을 이용한다고 해도 신상이 가려질 만한 사건이 아닌데."

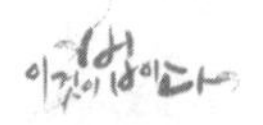

복수재단은 기본적으로 범죄 내역을 구입해서 거래를 하거나 범죄를 공개하는 재단이다.

당연히 범죄의 구입은 익명으로 이루어진다.

그러나 이런 건은 익명으로 이루어진다고 해도 의미가 없다.

일단 그녀가 고소한 기록이 있고 또 그 사건에 관련해서 저항하는 사람들이 많지는 않을 테니, 사실상 그녀가 특정되는 건 너무나 당연한 일이었으리라.

“두렵죠.”

그녀는 한참을 침묵을 지키다가 조심스럽게 입을 열었다.

“지금도 여전히 두려워요. 밤에 수면제가 없으면 잠도 못 자고, 누군가를 만나는 것도, 바깥으로 나가는 것도 두려워요.”

“그런데 힘든 결정을 하셨군요.”

“저들이 살아 있는 한 제 고통은 영원할 테니까요. 지금도 집 앞에서 정체 모를 남자들이 저를 감시해요. 밤 12시만 되면 어디선가 정체 모를 전화가 오고, 받으면 끊어져요. 매일 같이요.”

상대방에게 심리적 압박을 가하기 위한 전형적인 방법이다. 이건 조사해 봐야 처벌할 규정도 없으니까.

하지만 사람은 자신이 누군가에게 감시당한다는 느낌이 들면 미치고 환장할 수밖에 없다.

“두렵냐고요? 두렵죠. 하지만 살고 싶으니까요. 저쪽이 요구하는 건 제가 죽는 거구요.”

이를 빠드득 가는 그녀를 보며 노형진은 고개를 끄덕거렸다.

아마도 용기를 낸 사람은 그녀만이 아닐 것이다. 그리고 대부분은 그렇게 코너에 몰려서 결국 자살당했을 것이다.

"걱정하지 마십시오. 이미 움직이고 있습니다. 그리고 덕분에 아주 중요한 정보를 얻었습니다."

노형진은 확신을 가지고 말했다.

"촬영했다고?"

"그렇습니다."

원래 역사에서도 촬영한 영상이 돌았다.

그래서 말이 많았던 것이다.

그 당시에 촬영한 영상에 사람들의 얼굴이 뻔히 보이는데도 불구하고 재판부는 그걸 모른 척하면서 모든 범죄자들에게 무죄를 선고했기 때문이다.

'그 당시에 유출된 영상이 있다. 그러면 답이 나온 거지.'

그 상황을 핸드폰으로 찍을 인간은 없다.

그럴 상황도 아니다.

그 영상을 보면 남녀는 속옷만 입고 서로 뒤엉켜 있다.

그 말은, 핸드폰을 가지고 있을 만한 공간이 없다는 거다.

설사 있다고 한들 거기서 접대받는 놈들은 판검사들이다.

그게 위험하다는 걸 모를 리가 없으니 당연히 그냥 두고 보지는 않는다.

“그러면 답은 나오지요. 김중학이 몰래 찍은 겁니다.”

당시에 촬영된 영상은 화질이 그다지 좋지 않았다.

현대의 핸드폰 성능을 생각하면 이상할 정도로 화질이 낮다.

“하지만 몰래카메라라면 가능하지요.”

“김중학이라……. 그러고도 남을 놈이지.”

“아시나 봅니다?”

“나도 깨끗한 사람은 아니지 않나? 하지만 그래도 엮이고 싶지 않은 놈이야. 애초에 엮일 일도 없었지만.”

유찬성의 말에 따르면 접대 쪽에서는 상당히 유명한 인물이라고 한다.

“접대나 로비로 제일 유명한 건 성화였지. 하지만 성화는 뭐랄까, 선은 넘지 않았어. 하지만 그놈은 선을 넘는 행동을 자주 한다고 하더군.”

“이해가 갑니다.”

노형진은 그가 그런 짓을 한 부분이 이해가 갔다.

‘배덕감이다 이건가.’

인간은 이율배반적인 존재이다.

한편으로는 깨끗한 사람이고 싶지만 다른 한편으로는 막 나가며 자신의 힘을 휘두르고 싶어 한다.

‘그리고 김중학은 그 부분을 노린 거고.’

사실 생각해 보면 그런 곳에 강제로 동원되는 여성들의 외모는 톱클래스 술집 여성들의 외모와 비교하면 떨어질 수밖에 없다.

그러나 그런 곳에서 벌어지는 집단 난교의 더러움과 배덕감은, 법률이라는 가면을 쓰고 고고한 척하는 자들에게 있어서는 색다른 쾌락일 것이다.

'그러고 보니 안당 마님 생각이 나네.'

돌아가신 안당 마님이 한 말 중 하나가 술집에서 가장 더럽게 노는 인간들이 바로 그런 자들이라는 것이었다.

사회적으로 인정받은 자들이 도리어 더 더럽다고 말이다.

"그런데 그런 영상을 줄까?"

"저도 그 생각을 했습니다만, 이번에 제보자와 이야기하면서 중요한 사실 하나를 알았습니다. 자신을 협박하기 위해 영상을 보냈는데 편집되어 있었다고 하더군요."

"편집?"

"그렇습니다. 물론 막 방송이나 인터넷에서 나오는 것처럼 깔끔하게 한 건 아니겠지만 말입니다."

그 영상에 따르면 김중학의 모습은 모조리 삭제되어 있었다고 한다.

"김중학이 나올 만한 장면은 모조리 편집되어 있었다고 하더군요. 단순히 장면을 커트해서 이어붙인 정도라고 하지만요."

"그건……."

"누군가 해 줬다고 봐야겠지요."

사실 그 정도 영상 편집 시스템은 인터넷에서 쉽게 구할 수 있다.

프리웨어라고 해서 무료로 할 수 있는 프로그램도 있다.

"하지만 과연 김중학이 그걸 직접 다운받아서 했을까요?"

"그렇군. 내가 들은 김중학의 성격이라면 절대 그럴 리가 없네."

한국의 사장들은 어지간한 일은 모두 부하에게 떠넘기는 성향이 강한 편이다.

물론 사소한 일을 다 사장이 챙기는 것은 기업 입장에서는 상당히 손해다.

사장은 사장으로서의 일이 있고 사원은 사원으로서의 일이 있는 법이니까.

"그리고 김중학의 나이를 생각하면 새로운 걸 배운다는 건 상당히 귀찮고 두려운 세대입니다."

이미 지금은 그러한 접대를 필요로 하지 않을 정도로 발전한 시대다.

그럼에도 불구하고 여전히 접대가 존재하는 것은, 발전을 거부하는 사람들이 있기 때문이다.

김중학은 그런 타입 중 하나다.

그런 자가 편집 프로그램을 배워서 영상을 편집한다?

"아마도 그걸 가지고 있는 놈이 있을 겁니다."

그렇게 맡긴 영상이 한두 개가 아닐 것이며, 원래 역사에서처럼 촬영해 둔 게 있다면 그걸 가지고 있을 가능성도 아주 높다.

“몰래카메라라는 것도 대놓고 설치할 만한 물건은 아니니까요.”

작은 물건이기는 하지만 결국 설치는 미리 해 놓아야 한다.

하지만 그걸 김중학이 했을 가능성은 높지 않다.

“누군가 해 주고 있다는 거군.”

“맞습니다. 그놈을 털어 내면 분명 증거가 쏟아질 겁니다.”

원래 역사에서는 그런 존재가 드러난 적이 없다.

‘드러내고 싶지 않은 거겠지.’

그가 원역사에서 죽었는지 도주했는지 아니면 은닉되었는지 알 수는 없지만, 확실한 것은 그 존재는 있을 수밖에 없다는 거다. 김중학이 직접 몰래카메라를 설치해 가면서 촬영할 놈은 아니니까.

“하지만 그게 누군지 알아낼 방법이 있나?”

“지금부터 찾아봐야지요.”

노형진은 확신을 가지고 말했다.

그 영상을 가지고 있는 사람은 누굴까?

사실 답은 뻔하다.

“이런 일을 하는 놈들에게는 보통 더러운 일을 해 주는 애들이 있거든.”

오광훈은 이를 쑤시며 말했다.

“그러니 그놈들이 해 줬겠지.”

“어떤 놈들인지 알 수는 없고?”

“알 수는 없어. 기업마다 다르거든. 외주 형태로 맡기는 놈들도 있고, 내부에 부서 형태로 존재하기도 하고.”

“그렇군. 그나저나 너 괜찮은 거냐? 요즘 시끄럽더만.”

“내가 시끄럽나, 윗선이 시끄럽지.”

원래 검찰은 송정한의 인생을 망침으로써 차기 대권 후보의 길을 막으려고 했다.

하지만 민주수호당에서 사법 범죄자에 대한 탄핵을 하겠다고 나서자 갑자기 모든 사태가 정지되어 버렸다.

“윗선도 아차 싶었던 거지. 탄핵은 생각도 못 했던 모양이야.”

검찰과 법원에서 잘리는 경우는 대부분 단 한 가지뿐이다.

올바른 소리를 하는 것.

그 외의 상황에서는 어지간하면 절대 자르지 않는 게 바로 검찰과 법원이다.

“그 발표 이후에 갑자기 수사가 정지된 모양이야. 그리고 자유신민당은 촉각을 세우고 있지. 알고 있나 모르겠지만, 민주수호당 당사 앞에 사람을 붙였다.”

"이미 알고 있지."

고개를 끄덕거리는 노형진.

그들이 그런 식으로 나올 거라는 걸 예상하는 건 그다지 어려운 일이 아니었다.

"뭐, 나한테까지 말을 해 주지는 않지만, 어차피 들어올 건 다 들어온다고."

이미 싸움의 흐름은 이쪽으로 넘어왔다.

저쪽에서 일하는 사람들 중에서 어쩔 수 없이 일하는 사람들이 나중을 위해 슬쩍슬쩍 정보를 흘리는 상황.

그러나 외부에 발표할 수는 없으니 외부와 선이 있는 스타 검사들, 특히 오광훈에게 그런 사건에 대해 이야기해 주는 사람들이 있는 모양이었다.

"일단 탄핵이라는 말을 꺼냄으로써 수사를 막으려고 했다면 성공한 거야."

더군다나 정치적 목적이 아니라 말 그대로 검사와 판사의 사법 범죄에 대한 탄핵이 목적이라고 하니 자유신민당도 정치 공세라고 욕할 수가 없다.

"아무래도 자유신민당도 분위기 안 좋으니까."

전보다 세력이 많이 약해진 상황에서 범죄자들을 옹호하는 모습을 보여 주면 지지층의 이탈은 심각해질 수밖에 없는 상황이다.

"일단 그 공권력범죄대책위원회를 유지하기 위해서는 그

럴듯한 실적이 필요해. 그리고 이번 실적은 적당하겠지."

그러자 오광훈이 고개를 끄덕였다.

노형진의 말이 이해가 간다는 표정이었다.

"그래서 네가 필요한 거지. 혹시 아는 거 있어?"

"학선 쪽은 내가 들은 적이 없어."

그가 조폭으로 지내던 당시에 학선 쪽에서 더러운 일을 외주를 주는 곳이 있었다면 알려졌어야 한다.

하지만 그런 말은 없었다.

"한만우 씨는 어때?"

"이미 물어봤어. 학선 쪽에서 맡기는 일을 하는 곳은 없다고 하더군."

"그러면 내부 조직이라는 소리네. 하긴, 그게 안전하기는 하지."

외부에 맡기면 걸렸을 때 자르기가 편하지만 반대로 내부에 맡기면 은닉하기가 편하다.

그리고 외부 조직이라는 건 배신의 가능성도 있기 때문에 아무래도 선호되지는 않는다.

"학선쯤 되는 놈들이라면 그러고도 남지."

"학선쯤? 아는 게 있나 봐?"

"조폭 업계랑 가장 친한 게 누구라고 생각해? 바로 건설업계라고. 그중에서도 학선은 말이 많았고."

"말이 많다는 게 무슨 의미야? 폭력배 노릇을 한다는 거야?"

"아니, 그런 면에서 학선은 제법 깨끗해. 그런데 이렇게 보고 있으면, 경찰이 폭력배 노릇을 해 준다고 할까?"

"대충 알겠네."

일반적으로 건설 업계에서는 용역이라고 하는 작자들을 이용해서 일을 진행시킨다.

그런데 그 용역을 하는 놈들이 제대로 된 놈들이 아니다 보니 그로 인한 문제가 적지 않게 생긴다.

"내 경험상 경찰을 용역으로 쓰는 놈들이 더 골치 아프거든."

하지만 적절한 돈을 받은 경찰이 용역 노릇을 하는 경우가 종종 있었다.

물론 과거의 일이다.

그때는 전투경찰이라고 하는 별도의 병력이 있어서 그들을 이용했지만, 이제는 그런 전투경찰이 사라져서 그런 용역 짓거리도 못한다.

"쉽게 말해서 로비로 유명하다 이거네."

"그렇지. 그것도 아주 더러운 로비일 거야. 로비 안 하는 건설사는 없다고 봐도 무방하니까."

그런데도 불구하고 경찰이 특별히 학선을 편들어 주었다는 건 확실히 뭔가 다르다는 거다.

"그런 걸 보면 내부에 그 조직이 있는 것 같은데, 어딘지는 모르겠네."

"그거야 어렵지 않지."

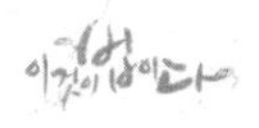

노형진은 인터넷을 검색해서 뭔가를 확인하기 시작했다.

그리고 얼마 지나지 않아서 몇 가지 정보를 찾아냈다.

그건 다름 아닌 학선의 조직도였다.

“외부에 두지 않았다면 내부에 두든가 비밀리에 관리하든가, 둘 중 하나일 테니까.”

하지만 비밀리에 관리했다면 어떤 식으로든 이야기가 돌았을 가능성이 크다. 그런데 이 정도로 아는 사람이 없다면…….

“여기가 의심스럽네.”

노형진은 한 부서를 바라보며 말했다.

“대외전략사업부.”

“그게 왜?”

“이상한 이름이잖아. 기본적으로 모든 업무는 나름의 목적이 있기 마련이거든. 당연히 부서의 이름도 그 목적에 따라 결정되지.”

가령 홍보부는 홍보가 목적이고, 인사부는 내부 관리가 목적이며, 재정부는 자산 관리가 목적이다.

그런 식으로 이름을 지어서 구분을 확실하게 하고 업무를 분담하는 것은 현대 기업 구조의 기본 중 기본이다.

“그런데 이런 애매한 곳들이 종종 있지.”

보통 그런 곳들은 외부에 그 업무가 드러나지 않아야 하는 부서들이 많다.

“가령 두한에는 미래전략 팀이라는 곳이 있거든.”

그 미래전략 팀은 좋게 말하면 미래를 위해 준비하는 곳이다. 그런데 현실은 '미래를 위해 뭐든 하는 곳'이라는 표현이 맞다.

"합법과 불법 사이에서 일을 하거나 불법적으로 뭔가를 하거나, 하여간 이익이 된다면 뭐든 하려고 만든 부서인 거지."

진짜로 미래를 위해 사업의 구조를 이끌어 가는 그런 부서는 아니다.

애초에 한국의 기업은 그런 구조가 될 수가 없다.

한국은 기본적으로 오너의 명령이 절대적이다.

즉, 아무리 아래에서 미래를 준비한다고 온갖 계획을 마련해 봐야 오너가 뒤집으라고 하면 의미가 없는 것이다.

"그런 곳에서 대외전략사업부라는 게 가당키나 해? 더군다나 내가 알기로는 해외 수주하는 회사도 아니거든."

그렇다면 내부에서의 대외 전략이라는 게 도대체 뭘까?

그 질문에 대한 답은 간단했다.

"하긴, 로비도 일종의 대외 전략이기는 하지."

"정답."

노형진은 고개를 끄덕거리며 말했다.

"그러니 그쪽을 털어 봐야지."

"그러면 내가 할 건 뭐야? 설마 그걸 나보고 조사하라고 하는 건 아닐 테고."

"수풀을 건드려서 뱀이 움직이게 하는 것."

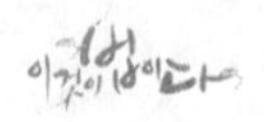

"수풀을 건드려?"

"그래. 네가 조사를 시작하면 모든 시선이 너한테 쏠리겠지."

"그게 무슨…… 아하! 송 의원님을 보호하려는 거구나!"

"확실히 예전보다 눈치가 빨라졌어."

오광훈의 외침에 노형진은 피식 웃으며 말했다.

이건 반가운 일이다.

그가 눈치 빠르게 움직일수록 노형진 측이 움직이기도 훨씬 쉬워지니까.

"네가 수사를 진행하면 검찰 입장에서는 발등에 불이 떨어지는 거지."

검찰과 법관에 대한 탄핵이 시도되는 상황에서 가장 문제가 되는 것은 바로 그 고발의 진정성이다.

검사나 판사는 원한을 안 살 수가 없는 직종이다.

만일 범죄자가 자신을 처벌한 것에 대한 원한을 가지고 허위 사실로 고발하는 경우, 그 반동은 이쪽으로 올 수밖에 없다.

"분명 그 이야기는 나와. 아니, 그렇게 몰고 갈 거야. 기존 검찰에서는 범죄자가 죄를 뒤집어씌우는 거라고 몰아갈 테고, 그렇게 함으로써 공권력범죄대책위원회의 힘을 빼려고 하겠지."

그렇게 한 서너 번만 성공하고 그걸 언론에서 대서특필하면서 공격하면, 아무래도 민주수호당은 공권력범죄대책위원회의 유지가 부담스러울 수밖에 없다.

“그런데 문제가 되는 건 그 진정성을 확보하는 방법이지.”

이런 사건에서 진정성 확보의 가장 확실한 방법은 다름 아닌 수사다.

그런데 그 수사를 하는 당사자가 처벌 대상이기도 하다.

“결국 돌고 돌아서 같은 문제가 터지는 거지. 모든 수사는 검찰이 지휘한다는. 물론 새로 만든 공수처가 있기는 하지만. 그건 결국 정권의 부속 같은 거거든.”

만일 정권이 바뀌면 공수처 역시 공격의 대상을 민주수호당과 민주 진영 쪽으로만 한정하게 될 게 뻔하다.

“그리고 지금까지의 패턴을 보면 그게 다시 돌아올 가능성은 없지.”

“어려운 문제네.”

“어려운 문제야. 그래서 삼권분립이 개소리가 되는 거고.”

세 곳의 조직이 서로 견제하라고 만들어 놨는데, 지금 그들이 견제보다는 서로 손에 손을 잡아 나라가 이 꼴이 되었다.

“세 곳이나 네 곳이나 숫자가 많은 건 아니니까.”

당장 공수처의 처장 같은 경우는 임명직이다.

노형진은 그런 공수처장이 정권에 따라 바뀌면 조직이 변질된다며 국가에서 선거를 통해 선발하는 쪽을 추천했지만 그게 쉽지 않다는 게 문제다.

선거 역시 특정 파벌로 쏠리는 성향이 있는 데다가 정당을 업고 나오는 게 현실적으로 지금 대한민국 선거의 한계니까.

“즉, 공수처도 완벽하게 믿을 수는 없다, 뭐 그런 거?”

“그래. 안전장치는 아무리 많아도 불안한 법이야.”

노형진의 설명을 듣던 오광훈은 고개를 갸웃거리며 물었다.

“그래서 나더러 뭘 어쩌라는 거야?”

“말 그대로 네가 이번 사건을 공개적으로 조사를 시작해. 그리고 이번 기회에 파벌을 만들어.”

“스타 검사들이 있잖아.”

노형진은 고개를 흔들었다.

애초에 스타 검사들로 하나의 파벌을 만드는 것이 목적이기는 했다.

하지만 그 숫자는 적었기 때문에 자기 보호는 가능할지언정 싸움을 하기에는 힘이 부족한 것이 사실이었다.

“정확하게는 중립 파벌을 만들라는 거지.”

“중립 파벌?”

“너도 신동하 알지? 대동. 내가 몇 번 이야기해 줬잖아.”

“아, 무슨 소리인지 알겠네. 중립 파벌을 만들어서 중간에서 무게 추 역할을 하라는 거구나.”

“맞아.”

한쪽에 쏠리지 않고 계속 양측 사이에서 무게중심을 잡아 검찰이 어느 쪽으로도 쏠리지 않게 하는 것.

그것이 노형진이 스타 검사들에게 궁극적으로 원하는 것이다.

"아마 네가 그런 파벌을 만든다고 하면 많은 검사들이 지원할 거야. 모든 검사가 부패한 건 아니니까."

옛말에 미꾸라지 한 마리가 온 웅덩이를 흐린다고 했다.

몇몇 정치 검사들이 검찰을 망가트리고 사회적인 문제를 일으키는 사이 정상적인 검사들은 도둑 하나 더 잡기 위해 밤새 일하는 것이 현실.

물론 그들은 대부분 정치 싸움에 관심이 없다.

관련도 없고 말이다.

"그들을 포섭할 곳이 필요하다?"

"그래. 그리고 이번 기회가 최고의 기회지."

"어째서?"

"탄핵이 이루어지면 결국 누군가는 그 빈자리를 채워야 해. 이런 말 하긴 그렇지만 내가 지금 민주수호당을 위해 일하긴 하지만 그렇다고 해서 민주수호당이 절대적 정의냐 하면 그건 또 아니거든."

역사를 보면 민주수호당 역시 욕심에 눈멀어서 병신 짓을 한 경우가 많다.

심지어 자기네 대통령도 탄핵시키려 했을 정도로 멍청한 짓을 하기도 했다.

"만일 그 자리를 민주수호당의 지지 세력이 차지하면 어떻게 되겠어?"

"음…… 그냥 지금과 공수가 바뀔 뿐이겠군."

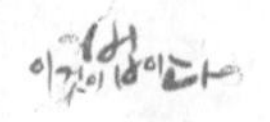

그때는 검찰이 자유신민당이 아니라 민주수호당의 칼이 되어서 휘둘릴 게 뻔하다.

그리고 자유신민당은 절대 그걸 그냥 두고 보지 않을 것이다.

"자유신민당은 사실 범죄에서 자유롭지 못해."

그럴 수밖에 없다. 그들의 가장 큰 문제가 부패 아닌가?

오죽하면 사람들 사이에서 민주수호당은 무능으로 망하고 자유신민당은 부패로 망한다는 말이 나올까?

문제는 지금의 민주수호당이 무능과는 거리가 먼 사람들로 채워지고 있다는 것이다.

무능한 사람은 조직 차원에서 바꿀 수 있지만 부패한 사람은 바꿀 수가 없다.

대안이 없는 게 아니라, 부패한 권력자들이 권력을 놓지 않으려고 하기 때문이다.

"내가 장담하는데 조만간 자유신민당도 공권력범죄대책위원회와 비슷한 조직을 만들 거야."

물론 그들의 공격 대상은 다름 아닌 민주수호당을 지지하는 검찰 세력일 것이다.

"어찌 되었건 그들은 민주수호당의 지지 세력이 검찰 내부를 통제하는 건 원하지 않아. 그렇다면 그들의 답은 뭘까?"

"제3의 대안이군. 그게 우리 쪽이고."

"정확해."

최소한 중립은 지킬 수 있는 조직을 찾으려고 할 것이다.

"그리고 양쪽 당에서는 검찰에 대한 무차별적인 탄핵 전쟁이 벌어질 거야."

지금까지는 무기를 쥐고 있다는 걸 인식하지 못해서 그냥 있었지만 이제 그들의 손에 무기가 쥐였다.

그렇다면 그들의 선택은 사실 뻔하다.

"무차별적으로 상대방 검사를 공격하겠지."

그리고 그 자리를 중립 쪽에서 차지하다 보면 결국 어부지리로 모든 걸 차지할 수 있게 된다.

"양쪽 다 공격하면 어쩌려고?"

노형진이 코웃음을 쳤다.

"중립 파벌의 검사들을 무슨 혐의로?"

"으음…… 그러네."

탄핵이라는 것은 법률을 위반한 판검사들을 기준으로 이루어져야 한다.

하지만 중립 쪽에 속한 검사들은 그럴 사람들이 별로 없다.

그 정도로 욕심이 있는 사람들이라면 이미 라인 타고 정치검사가 되어 있을 테니까.

"궁극적으로는 검찰이 중립화되고 깨끗해지겠지."

노형진은 먼 미래까지 생각하고 있다.

고인 물은 결국 썩듯이 고정된 권력은 부패할 수밖에 없으니까.

"오케이, 알겠어. 그러면 내가 조사를 시작하면 검찰에서

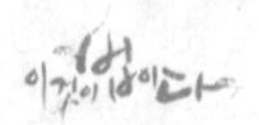

나를 쥐 잡듯이 잡으려고 하겠군."

"그래, 그것도 노리는 것 중 하나야. 그렇게 되면 공격하기 쉬운 검사들이 드러날 수밖에 없으니까."

오광훈을 공격하는 검사를 역공함으로써 탄핵을 유도하고 결과적으로 손과 발을 잘라 내는 것도 이번 작전의 목표 중 하나였다.

"기대되는데."

오광훈은 피식 웃으며 말했다.

"이러다 나중에 나 대통령이라도 되는 거 아냐?"

"아서라. 네가 잘도 하겠다."

노형진은 피식하고 웃음을 날렸다.

⚖

얼마 후 오광훈의 발표는 대한민국을 발칵 뒤집었다.

그동안 별장 성 접대 사건은 쉬쉬하면서 주변에 알려지지 않았다.

검찰이 도리어 피해자를 무고죄로 처벌하면서까지 감췄던 사건이었다.

그걸 공개적으로 기자회견까지 해 가면서 수사하겠다는 말에, 검찰은 난리가 났다.

―이번 사건은 검찰의 부패에 관한 심각한 문제라고 생각합니다. 아시다시피 검찰은 그동안 무소불위의 권력을 휘둘렀습니다. 그게 결국 이 지경까지 온 거구요.

―그런 식으로 해석하면 모든 범죄자들이 똑같은 주장을 할 겁니다. 검찰에게 당한 모든 사람들이 똑같은 주장을 하면 어떻게 검찰이 제대로 된 수사를 할 수 있겠습니까?

―이건 다른 사건과는 관련이 없습니다. 다른 건 검찰이 피의자가 아닙니다. 하지만 이번 사건은 검찰이 피의자이지요. 상식적으로 피의자에게 사건 조사를 시킨다는 것 자체가 말이 안 됩니다.

노형진은 인터넷 토론 방송을 보면서 혀를 끌끌 찼다.

"여전하구나."

분명 나라가 뒤집어질 일이고 심각한 국가 문란 행위에 속한다.

그런데 열심히 떠들어 대는 것은 오로지 인터넷뿐이었다. 공중파나 신문은 여전히 입을 다물고 있었다.

심지어 오광훈이 기자회견을 했지만 그걸 공개한 것은 오로지 노형진이 가지고 있는 코리아 타임라인과 인터넷 언론 매체뿐이었다.

"이 정도일 줄은 몰랐는데."

유찬성은 어이가 없다는 표정이 되었다.

그럴 수밖에 없다.

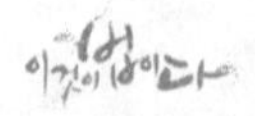

아무리 그래도 언론에서 그동안 최소한의 이야기는 전달했기 때문이다.

물론 언론이 민주 진영에 적대적인 거야 하루 이틀 문제가 아니지만, 그래도 부패 문제에 있어서는 최소한 1면은 아니더라도 후면에서 전달 정도는 했다.

그런데 이 문제는 아무도 내보내지 않고 있었다.

"총력전이니까요."

노형진은 이런 경우를 한번 겪었다.

정확하게는, 그때는 듣기만 했다.

언론에서 국민의 의사 같은 것은 상관없이 오로지 한편만을 위해 충성을 바치던 시기.

"개혁으로 인해 자신들의 권력이 상실될 걸 아니까 저러는 겁니다. 기존에는 일종의 양비론 비슷한 것도 있었거든요. 눈속임이었지요."

자신들의 권력을 건드리지 않는 선에서 양쪽 모두에 떡밥을 던져 가면서 힘을 유지했던 권력.

하지만 이제는 그게 막혀 버리니 일방을 편드는 것이다.

"더군다나 저 때문에 가짜 뉴스 전달하기는 완전히 불가능해졌고요."

십수 명의 기자들이 자살하고 파산하고 나자 누구도 가짜 뉴스를 전달하려 하지 않았다.

편집장들이라고 멀쩡한 것도 아니었다.

일부 기자들은 살기 위해 편집장이 시켰다는 이야기와 증거를 내밀었고, 무려 네 명의 편집장이 자살로 추정되는 일을 당하면서 더 이상 누구도 감히 가짜 뉴스를 전달하지 못하게 된 것이다.

"하지만 그것과 별개로 뉴스를 전달하지 않는 건 위법이 아니니까요. 처음 시작할 때 말씀드렸다시피요."

"으음……."

유찬성은 신음을 냈다.

알고는 있었지만 그래도 직접 확인하니 영 기분이 좋지 않았다.

"일단 오광훈 검사가 사람들을 모아서 수사를 시작한다고 합니다. 이번에는 검찰도 막지 못할 겁니다."

그럴 수밖에 없다.

스타 검사들뿐만 아니라 간신 검사들도 합류했으니까.

스타 검사들과 다르게 간신 검사들은 철저한 기회주의자들이다. 그런 그들이 이런 기회를 놓칠 리가 없다.

"그런데 굳이 간신 검사들을 꼭 넣어야 했나?"

"그 단어는 또 어디서 들으셨습니까?"

"송정한 의원이 이야기해 줬네. 그 간신 검사들, 자네가 만든 거라며?"

간신 검사들이란 내부에서 더러운 짓을 했다가 팽당할 뻔한 자들이다.

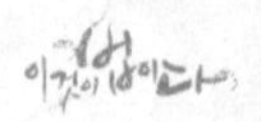

그들은 기회를 노려서 욕심을 부린 탓에 팽당할 뻔했다가, 노형진이 그들을 이용하면서 살아남았다.

"일종의 자극인 셈입니다."

"자극?"

"중립 검사들은 젊고 유능합니다. 미래도 창창하죠. 하지만 한 가지가 부족합니다. 그건 바로 권력욕이지요."

"그게 나쁜 건가?"

"나쁩니다. 아주 나쁘지요."

아래에서 열심히 한다.

그건 나쁘지 않다.

그런데 그게 승진으로 이어지지 않는다면 위쪽에서는 계속 더러운 일이 벌어진다.

"지금까지 벌어진 일이 딱 그런 겁니다."

아무리 실적이 좋아도, 뇌물을 주고 정치질을 하지 않으면 고위 관리가 되지 못한다.

그러니 깨끗한 검사는 중간에 나가고 더러운 놈만 남게 된다.

"깨끗하게 위로 올라가려고 하는 순수한 권력욕. 그건 결코 나쁜 게 아닙니다. 거기에 욕심이 끼어서 문제가 되는 거지요."

"그 두 개는 다르다 이거군."

"아주 다릅니다."

깨끗한 장교가 있다고 치자. 그는 부하를 사랑하고 부정부패를 일소하고 싶어 한다.

그런 사람이 고작해야 중대장, 대대장으로 군 경력이 끝나면 군의 미래는 영원히 바뀌지 않는다.

"그가 순수한 마음을 가지고 국방부장관이 되어야 미래가 바뀌는 겁니다."

세상에는 그러한 권력욕을 가진 사람이 필요하다.

"최악의 경우는 그러한 간신을 이용해서라도 승진을 시켜야지요."

강제로라도 승진을 시키기 위해서는 누군가가 그들을 끌어 줘야 한다.

그게 바로 간신 검사들이다.

그들은 권력욕이 있고, 자신의 권력을 유지하기 위해서는 지지 세력이 필요하니까.

"어딜 가나 정치는 순수할 수가 없다니까."

유찬성은 씁쓸하게 웃었다.

"일단 다음 문제가 고민이군. 이제 어떻게 될 거라 생각하나?"

"이미 진행 중입니다만."

"진행 중이라고?"

"그렇습니다."

노형진은 살짝 미소를 지으면서 말했다.

"슬슬 이쯤에서 연락이 와야 할 텐데요."

그 말이 무슨 소리인가 하는 표정으로 바라보던 유찬성 의

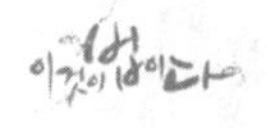

원은 자신의 핸드폰이 띠링 하고 울리자 묘한 표정으로 문자와 노형진을 번갈아 볼 수밖에 없었다.

⚖

원래 역사에서 이번 사건은 별장 성 접대 사건이라고 불렸다.

하지만 노형진은 안다, 그마저도 사건을 덮기 위해 검찰에서 붙인 이름이라는 걸.

"검찰에서는 자꾸 별장 성 접대라고 주장하는데 엄밀하게 말하면 별장 성 노예 사건이 맞지. 검사 집단 강간 사건이라든가."

노형진은 오광훈에게 사건의 진행 상황을 들으며 이야기해 주고 있었다.

"별장 성 접대라고 하면 마치 권력자에게 술집 여자들을 붙여 준 것 같은 느낌이거든."

그 당시 검찰은 별장 사건에서 마약까지 써 가며 민간인을 이용했다는 사실을 감추려고 엄청나게 노력했다.

실제로 사람들 대부분은 성 접대에 대해서는 알아도 그 당시 동원된 사람들이 민간인 여성이라는 건 대부분 몰랐다.

"그래서 나보고 성 노예 사건이라고 발표하라고 한 거구만."

"그래. 아 다르고 어 다른 게 사건이니까."

성 접대 사건이라고 하면 피해자는 없이 범인만 존재하게 된다.

즉, 일부 권력자들의 일탈이라는 포지션이 되는 것이다.

국민들 입장에서도 일부 검사나 권력자가 술집 여성을 데려다가 집단 난교 파티를 했다고 생각하게 된다.

접대라는 단어는 그걸 노린 거다.

더럽다고 욕하기야 하겠지만, 나라가 뒤집어질 정도의 충격은 아닌 수위로 인식되기를 바라면서.

"하지만 성 노예 사건이라고 하면 피해자가 존재하게 되는 거지. 그리고 한국은 성 노예 사건에 대해 예민할 수밖에 없어."

바로 일본에서 일제강점기에 성 노예로 국민들을 끌고 간 사건이 있기 때문이다.

실제로 친일파와 한국 언론들이 유엔에서 일본군 성 노예 사건이라는 단어를 권장함에도 불구하고 위안부라는 말을 쓰는 이유는 친일 세력을 위해서다.

위안부라는 의미 안에는 자발적으로 했다는 의미 역시 포함되어 있기 때문이다.

이번 사건에서의 이름의 선택 또한 그런 목적을 가지고 이루어진 것이었다.

"그리고 성 노예 사건이라고 하면 다른 쪽에서 공격이 가능하거든."

다름 아닌 여성계 쪽이다.

여성계는 한국 정치에서 절대 약한 세력이 아니다.

여성부라는 전담 부서가 존재하는 데다가, 여성계는 남자들보다 훨씬 집결 능력이 좋은 편이다.

"지금 내가 여성계 쪽에 아는 사람을 통해 정식으로 각 국회의원들에게 질의를 던졌지."

단순한 성 상납 사건이 아닌 성 노예 사건. 그 사건에 대한 질의를 공식적으로 던졌다.

"그리고 그게 여성계 전체에 알려질 거야. 그러면 조만간 여성계에서 총공세를 펼치겠지."

아무리 검찰이 기소권을 가지고 있다고 해도 여성계의 힘을 무시할 수는 없다.

더군다나 이건 명백하게 그들의 잘못에서 시작된 일.

"당연히 조만간 특별법이 만들어질 거야."

그리고 국회의원들은 그러한 공격의 최선봉에 서게 될 것이다.

만일 그러한 특별법에 반대를 한다면 사실상 여성 성 노예화에 찬성한다는 식으로 여성계에 소문이 돌 수밖에 없으니까.

"이걸 보통 좌표 찍는다고 하지."

노형진은 씩 웃으며 말했다.

"좌표는 찍었고, 이제 검찰에서 어떻게 방어를 하는지 보자고. 후후후."

존재하지 않는 배신자

검찰과 법원의 혼을 쏙 뺀 노형진은 이제 본질적인 문제로 다가가기로 했다.

그들은 여성계와 정치계의 공격으로 정신을 못 차릴 테니까.

"남은 건 이제 증거를 모으는 겁니다."

"자네가 말한 게 사실일까? 진짜로 영상을 가지고 있을까?"

유찬성 의원은 걱정스러운 표정으로 물었다.

"가지고 있습니다. 확실합니다."

원래 역사에서도 그렇게 영상이 나왔는데 덮였고, 지금도 영상으로 협박했다는 증언이 나왔다.

"애초에 이런 사건은 영상이 없다면 성립되지도 않지요."

"하긴 그건 그렇지."

마약을 강제로 주입당한 경우 경찰에 가서 신고를 하면 처벌받지 않는다.

원해서 마약을 한 것도 아니고 강제로 당한 것이기 때문에 마약 사범이 되지는 않는 것이다.

"만일 마약만 이용했다면 피해자들이 그렇게 김중학의 말대로 하지는 않았을 겁니다. 오광훈 검사에게 이야기를 들어보니 피해자가 족히 백 명은 넘는다고 하던데요."

"그 지경인 줄은 몰랐네, 진짜."

"동원된 피해 여성이 백 명 이상이라면 가해자는 몇백 명이 될 겁니다."

한 번만 불려 가는 것은 아닐 테니까.

실제로 많게는 열 번, 적어도 세 번은 불려 갔다고 하니 중복되어서 온 놈들이 있다고 해도 가해자들의 숫자는 백 단위가 훌쩍 넘을 수밖에 없다.

"하지만 그 영상을 넘겨줄지 모르겠군. 자네가 의심스러운 곳을 찾았다고 하지만 그들이 배신할 가능성이 높지는 않을 것 같네."

"저는 다르게 생각합니다. 누군가는 배신합니다."

아니라면 그 영상이 세상에 나왔을 리가 없다.

그래서 회귀 전에 나라가 뒤집어졌었다.

검찰과 경찰에서 압수수색으로 영상을 압류하는 데 성공했다고 볼 수도 있지만, 그게 유출되는 것은 전혀 다른 문제다.

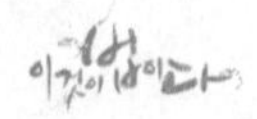

'그렇게 틀어막으려고 했는데도 결국 증거 영상이 새어 나왔단 말이지.'

상식적으로 검찰과 법원에서 그 사건을 덮으려고 그렇게 발악을 했는데도 영상이 흘러나왔다는 건 말이 안 된다.

그러한 사태가 벌어졌을 때 바로 압수수색이 들어간 것도 아니었고, 어떻게 해서든 시간을 끌기 위해 검찰은 최대한 수사를 미뤘다.

당연히 그 소식을 김중학에게 전달해서 혹시 모를 증거가 있으면 삭제하라고 했을 것이다.

당연히 김중학은 모든 영상을 삭제하거나 절대 찾을 수 없는 곳에 빼돌리는 식으로 감추려고 했을 테고.

"하지만 누군지 알고? 그리고 접촉한다고 해서 그 사람이 순순히 영상을 넘겨줄 것 같지는 않네만."

사실 꼬리 자르기를 하기 위해서는 외부에 조직을 두는 게 안전하다. 그럼에도 불구하고 내부에 두는 것은 관리가 쉽기 때문이다.

돈을 주고 외부에 맡기는 것은 나중에 문제가 될 수도 있으니까.

"내부에서 이렇게 관리를 하는 놈들이라면 아마도 충성심이 대단할 거야. 그리고 자네도 알겠지만, 이건 그다지 처벌도 강하지 않을 걸세."

집단 강간 사건이기는 한데 하지만 촬영한 사람들의 책임은 약하다.

일단 방조범으로 들어갈 수도 있지만 사회적으로 보면 강제로 시키는 대로 할 수밖에 없는 처지라는 점으로 어필하면 길어 봐야 2년 정도 나오는 것이 한국 법의 한계다.

"그런 상황에서 그들이 배신할 가능성이 있을까?"

"물론 그들을 노린다면 그렇지요."

"응? 그들을 노리는 게 아니야? 그러면 누구를 노리려고?"

"제가 노리는 건 그들이 아니라 판매상입니다."

"판매상?"

"그렇습니다. 그들이 설치한 카메라가 캠코더는 아니지 않습니까?"

당연히 고화질의 CCTV도 아니다.

그런 걸 대놓고 설치해 두면 접대받는 사람들이 알아차릴 테니까.

"소위 말하는 몰카입니다. 그런데 그런 몰카를 판매하는 사람은 한정적입니다."

물론 몰카도 종류가 많다.

핸드폰형, 볼펜형, 안경형 등등.

사실 그런 건 인터넷에서 찾으려고 하면 못 찾지는 않는다.

"그러나 이놈들이 쓴 건 설치형 몰카거든요."

설치형의 몰래카메라는 생각보다 수요가 많지 않다.

일단 이동형이 압도적으로 편한 데다가, 설치라는 점에서 외부와 연결해야 한다는 부분이 문제가 되기 때문이다.

"그걸 어떻게 아나?"

"상대방은 법률 전문가들입니다. 이동형의 대략적인 형태는 알고 있습니다."

"하긴 그렇지. 답은 설치형이겠군."

이해가 간다는 듯 고개를 끄덕거리는 유찬성 의원.

물론 노형진이 그렇게 생각하는 데에는 다른 이유가 있다.

'그 당시 화면의 화질을 보면 답은 나와 있지.'

그 당시에 법원에서 무죄가 나온 가장 큰 이유 중 하나가 화면상으로 정치인들의 얼굴을 확인할 수 없다는 것이었다.

물론 개소리다. 조금만 확대해도 얼굴을 뚜렷하게 확인할 수 있다.

그럼에도 불구하고 법원에서 그렇게 말할 수 있었던 것은 그만큼 화질이 떨어졌다는 것이다.

'인간적으로 화질이 너무 많이 떨어진단 말이지.'

현시대에는 스마트폰의 카메라도 엄청나게 발달했다. 당연히 화질이 떨어지는 경우는 거의 없다.

블랙박스 정도의 화질도 안 나오는 렌즈를 쓰는 물품은 많지 않다.

'가령 몰카 같은 거 말이지.'

실제로 몰카의 화질은 생각보다 좋지 않다.

현시적으로 몰래카메라의 경우 렌즈의 크기가 아주 작아

야 한다는 점 때문에 화질의 강화에 한계가 있다.

물론 아주 비싼 렌즈를 쓰면 괜찮겠지만, 현실적으로 그런 몰래카메라에 비싼 렌즈를 쓰면 단가가 극단적으로 올라가 버린다.

그래서 대부분의 몰래카메라는 어느 정도 알아볼 수 있을 정도만을 쓸 뿐이다.

"그런 의미에서 유 의원님이 같이 움직여 주셔야 할 것 같습니다."

"내가?"

"그걸 판매한 놈도 바보는 아닐 테니까요. 눈과 귀가 달렸다면 요즘 뉴스를 보고 있지 않겠습니까?"

당연히 이번 성 노예 사건에 대해 수사가 진행 중인 걸 알 것이고, 혹시나 자신들에게 조사가 들어올까 부들부들 떨고 있을 가능성이 크다.

"하지만 검찰인 오광훈 입장에서는 쉽게 조사할 수가 없거든요."

"어째서 말인가?"

"영장이 안 나올 테니까요."

"아!"

검찰 내부와 법원에 대해 조사를 시작하고 압박을 가하고 있는 오광훈이지만 사실 할 수 있는 건 많지 않다.

피해자들을 계속 소환하고 증언을 취합하고 의심스러운

자들에 대해 소환장을 발부하고 있지만, 어떤 면에서는 사건은 정체되어 있다.

"법원에서 영장이 안 나오면 강제로 뭔가를 할 수는 없지요."

그런데 접대받은 검사와 판사를 대상으로 법원에서 과연 영장을 줄까?

"당연히 안 줄 겁니다."

하지만 유찬성은 얼굴이 알려진 국회의원이다.

특히 이번에 탄핵을 주도하는 사람이다.

"하지만 국회의원에게 의문의 제보가 들어왔다면 이야기는 달라지지요."

"그 의문의 제보를 받아 내겠다 이거군."

"맞습니다."

국회의원이 알게 된 이상 설사 이 사건이 아니라고 해도 뭐든 엮어서 파멸시키는 것은 어려운 일이 아니다.

물론 몰래카메라를 파는 것이 불법은 아니다.

도구를 어떻게 쓰느냐에 관해서는 그 주인의 책임이지 판매자의 책임은 아니니까.

몰래카메라라지만 현실적으로 본다면 범죄의 증명에도 사용되고 있는 것이 사실이기에, 무조건 범죄의 방조로 볼 수는 없다.

"하지만 국회의원이 그의 가게에 드나든다는 것 자체가 치명적인 문제지요."

범죄의 증명이든 뭔가가 범죄에 쓰이든, 국회의원이라는 존재는 사람들에게는 부담스러운 대상일 수밖에 없다.

"하지만 누군지 알고?"

"이미 알아 놨습니다."

그걸 취급하는 자들은 그다지 많지 않다.

그리고 요 근래에 그중에서 심하게 조심하는 자를 특정하는 것은 어려운 일이 아니었다.

"용산에서 작은 가게를 하더군요."

용산이 전자 제품으로 유명하지만 뒷골목에서는 그런 상품들을 파는 것도 사실이다.

"우리가 찾아갔을 때 과연 그가 뭐라고 할지 궁금하지 않습니까?"

"궁금하군. 내 바쁘기는 하지만 종종 찾아가도록 하지."

유찬성은 눈앞에 승리가 있는 듯 눈을 반짝거리며 말했다.

"으음……."

"누가 사 갔는지 말씀해 주시면 감사하겠습니다."

명백한 협조 요청이다.

하지만 무려 나흘째 자신을 찾아와서 설득 아닌 설득을 하는 두 사람, 노형진과 유찬성이 박운호는 부담스러울 수밖에 없었다.

"저는 모른다니까요."

"이미 알고 왔습니다. 경찰에는 넘기지 않겠습니다, 그냥 제보 정도의 형태로만 말씀해 주신다면……."

노형진은 웃고 있었지만 그 웃는 얼굴을 바라보는 박운호는 미칠 것 같았다.

그렇잖아도 뉴스에서 계속 그 이야기가 나오고 있었다.

처음에는 무시하려고 했지만 학선건설이라는 이름은 부담스럽게 다가올 수밖에 없었다.

'젠장, 큰손님인 줄 알고 잡았는데 똥이었어.'

그들이 요구한 건 전문적인 장비였고, 그 정도 장비를 공급해 줄 수 있는 사람은 그리 많지 않았다.

그때는 제법 돈을 만지는구나 싶어 좋았지만 결국 이렇게 골치 아픈 문제에 엮이게 된 것이다.

"도와만 주신다면 충분한 보답을."

"아, 글쎄! 나는 모르는 일이라니까."

박운호는 단호하게 선을 그었다.

"나중에 다시 찾아오겠습니다."

노형진은 그렇게 말하면서 유찬성 의원과 함께 그곳을 나왔다.

"역시 쉽게 입을 열지 않는군."

"위험한 물건을 파는 사람입니다. 바보는 아니죠. 그걸 이야기하면 자신이 특정된다는 걸 알 테니까요."

그들이 박운호에게서 카메라를 샀다면 당연히 그 제보가 들어갔을 때 특정되는 건 박운호다.

"그러니 입을 다무는 겁니다. 그리고 저런 타입은 의외로 법에 밝거든요."

합법과 불법 사이에서 교묘하게 장사하는 사람들은 관련 법에 대해 잘 알아야 한다. 그러지 못하면 언제 어디서 잘못 엮여서 훅 갈지 모르니까.

"대충 상황을 알 겁니다."

절대 자신에게 영장이 나오지도 않을 테고, 또한 자신을 대놓고 공격할 방법도 없다는 걸 말이다.

"하지만 그렇다고 해서 이렇게 시간만 보낼 수는 없는데."

원래 계획과 다르게 시간이 오래 걸리자 유찬성은 불안한 표정이었다.

"걱정하지 않으셔도 됩니다. 슬슬 터질 테니까요."

"뭐라고?"

노형진의 말에 유찬성은 묘한 표정이 되었다.

"터지다니? 뭐가?"

"언론에 말입니다."

"언론? 자네, 언론에 제보할 생각인가?"

"그럴 리가요. 언론에 제보한 적은 없습니다. 기자들이 멋대로 취재한 거지."

"응? 그게 무슨 소리인가?"
"제가 유찬성 의원님에게 굳이 직접 여기까지 와 달라고 한 이유가 뭐겠습니까?"
"그거야 당연히 설득을……."
"설득이 안 된다면요?"
"그러면……."
말하던 유찬성은 온몸에 소름이 돋았다.
그렇게 된다면 강제로 입을 열게 해야 한다.
"이미 사회는 불만으로 가득 차 있지요."
여성을 속이고 납치하고 마약까지 먹여 가면서 성 노예로 쓴 사건. 그 사건에 기자들이 관심을 가지지 않을 수가 없다.
물론 대다수의 언론들은 이번 사건을 감추기 위해 노력하고 있다.
하지만 이미 대부분의 국민들이 알고 분노하는 상황이다.
"그런 상황에서 감춘다는 건 의미가 없지요. 그러면 기존 검찰과 법원에서 쓸 방법은 뭘까요?"
"희생양이군."
누군가 다른 희생양을 만들어서 그에게 뒤집어씌우고 사건을 종료하는 것. 그게 유일한 해법이다.
"내가 아니라 나를 따라다니는 기자들을 이용한 거군."
그제야 유찬성은 자신에게 꼭 오라고 한 이유를 알아차렸다.
"지금 의원님은 태풍의눈이나 마찬가지입니다."

검사와 판사에 대한 탄핵 사태.

그 사태를 촉발한 게 유찬성이고, 그가 현재 공권력범죄대책위원회를 이끌고 있다.

정보를 얻기 위해서든 기사를 얻기 위해서든 그에게는 언제나 기자가 따라붙어 있다고 봐도 무방하다.

"그리고 그가 나흘간 날마다 찾아간 카메라 전문 상가. 기자들이 바보도 아니고, 몰래카메라를 파는 곳이라는 걸 모를까요?"

"아…… 그렇군……. 검찰과 법원에서는 영장을 절대로 안 치겠지만 국민들과 언론은 다르다 이거군."

현직 의원인 유찬성이 그런 곳에 찾아갈 만한 이유는 사실 그다지 많지 않다.

무언가를 사거나 중요한 정보가 있는 경우.

"하지만 뭔가를 사려고 한다면 굳이 직접 갈 이유가 없지요."

사람을 보내도 그만이고 보통 한 번만 가면 그만이다.

그런데 무려 나흘이나 찾아갔다.

"검찰에서는 절대 영장을 치지 않겠지만 언론이라는 곳이 과연 그런 걸 신경 쓰는 조직이던가요?"

이슈만 된다고 하면 사람 한두 명 인생 망치는 것쯤이야 눈곱만큼도 신경 안 쓰는 자들이다.

"그리고 지금 검찰에서는 희생양이 필요합니다."

학선건설이 아니라 다른 희생양 말이다.

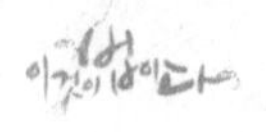

그래야 그 죄를 뒤집어씌우고 은닉할 수 있다.

"꼬리 자르기라……."

유찬성은 바로 알아들었다.

지금 박운호처럼 적당한 희생양이 있을까?

"아마 내일부터 박운호는 인생이 힘들어질 겁니다, 후후후."

"이건 뭐야?"

여느 날처럼 출근을 하려던 박운호는 집 앞에 있는 수많은 사람들을 발견했다.

그들은 하나같이 카메라와 녹음기를 들고 있었다.

자신이 파는 물건들이니 모를 수가 없다.

"어, 저기 저 사람이다!"

"잠시만요!"

"그 몰래카메라를 공급하셨다는 것이 사실입니까?"

"이번 사건을 사주했다는 혐의가 있다는데 사실인가요?"

"무…… 무슨 소리야!"

"사회적으로 지탄받는 사건의 공급책이라고 하던데, 인정하십니까!"

"나…… 난 몰라!"

박운호는 다급하게 다시 집으로 들어갔다.

그러자 사람들은 그가 사는 집의 문을 두들겨 대기 시작했다.

“박운호 씨! 이번 사건에 대해 한마디만 해 주십시오!”

“이번 검찰 성 노예 사건의 주범이라고 하던데 사실인가요?”

바깥에서 들리는 기자들의 고함 소리.

“아니, 주범이라니, 뭔 개 같은 소리야?”

박운호는 어이가 없다는 생각에 멍하니 있다가 문득 소름이 쫙 돋았다.

“여보, 지금 무슨 일이에요?”

방 안에서 자던 아내가 시끄러운 소리에 일어나서 바깥으로 나왔다.

그러나 아내를 보살필 상황이 아니었다.

“씨발, 좆돼 버렸다.”

그는 불법과 합법의 사이에서 일하는 사람이다.

당연히 대략적인 법의 흐름도 알 뿐만 아니라 검찰과 법원이 어떻게 굴러가지는지도 안다.

“씨발.”

다급하게 인터넷을 확인한 박운호는 온몸이 얼어붙었다.

몰래카메라 공급책 드러나

검찰, 공급책에 대한 수사 개시

이번 사건의 배후 드디어 드러나나?

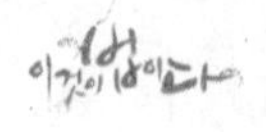

"고…… 공급책이라니?"

자신은 몰래카메라를 팔았을 뿐이다.

그런데 공급책이란다.

물론 완전히 틀린 말은 아니다. 자신의 판매 행위 역시 단어적 의미에서 본다면 '공급'이니까.

하지만 기사에서 보이는 공급책이라는 단어는 명백하게 자신을 배후로 삼는 뉘앙스였다.

"여보, 이게 무슨 소리야?"

멍하니 핸드폰을 보는 박운호를 보다가 핸드폰을 확인한 아내는 기겁하면서 소리를 질렀다.

"설마 지금 이 모든 일이 당신이 저지른 거란 말이야?"

"아니야! 진짜 아니라고!"

박운호는 황급히 손을 내저었다.

"내가 카메라를 판 것은 사실이지만 이런 일에 쓰일 거라고는 생각도 못 했다고!"

그의 입장에서는 미치고 팔짝 뛸 일이다.

하지만 이미 언론에서는 그를 모든 일의 책임자로 몰아붙이고 있었다.

"여……보……."

황당해서 어쩔 줄 몰라 하는 박운호를 아내는 당혹스러운 표정으로 바라보았다.

하지만 진저리 치듯 피하는 그 몸짓에서, 접근하지 말아 달라는 의미가 명확하게 전달되고 있었다.

"나는 아니라니까! 진짜야. 아놔, 미치겠네!"

자신이 희생양이 되었다는 사실에 그는 침을 꿀꺽 삼켰다.

"물론…… 내가 카메라를 판 건 사실이지만 공급책이라니? 주범이라니! 난 아니라고!"

"하지만 언론에서는 이미 그렇게 나오고 있잖아요!"

"나한테 뒤집어씌우는 거라고!"

그는 다급하게 소리를 질렀다.

그러나 이미 답은 나온 상황.

'이럴 수는 없어.'

이 상태로는 자신의 인생이 끝장난다.

그도 위험한 물건을 팔기에 알고 있다, 한번 뒤집어씌워지면 검찰이 봐주지 않을 거라는 것을.

'이거 진실을 알려야 해. 하지만 어떻게…….'

자신이 아니라고 주장해 봐야 저들은 절대로 믿어 주지 않을 것이다.

'아니, 말할 기회조차 주지 않겠지.'

멘탈이 부서지기 직전, 갑자기 문을 두들기는 소리가 들려왔다.

"검찰입니다. 영장 집행하겠습니다. 문 여세요."

"여…… 영장?"

뉴스가 나온 지 채 한 시간도 지나지 않았다.

그런데 영장이라니?

'다 설계된 거구나.'

자신을 배후로 콕 찍어서 벗어나려고 하는 것이라는 사실을 알아차린 박운호.

"박운호! 당장 문 열어! 거기에 있는 거 다 알고 있어!"

박운호는 다급하게 주머니를 뒤졌다.

그리고 울상을 지었다.

"맞다, 버렸지."

다시는 볼일이 없다는 생각에 그는 노형진의 명함을 가게 쓰레기통에 버렸다.

당연히 없을 수밖에 없었다.

하지만 지금 상황을 해결할 방법으로 떠오르는 건 오직 그뿐이었다.

다른 변호사는 진실을 모른다.

설사 안다고 해도 말하지 않을 것이다.

하지만 노형진은 자신을 찾아와서 진실을 이야기했고 심지어 그의 뒤에는 유찬성이라는 국회의원이 있다.

박운호는 다급하게 인터넷을 뒤져서 새론의 전화번호를 찾았다.

그러는 사이에도 상대방의 목소리는 더더욱 커졌다.

"야! 문 강제로 열어!"

사실 강제로 문을 열 이유는 없다.

이곳은 지상 13층의 아파트이고 여기서 탈출할 방법은 없다. 그럼에도 불구하고 검찰은 문을 강제로 열려는 듯했다.

이유는 뻔하다.

박운호가 대응할 시간을 주지 않기 위해서다.

—네, 새론입니다.

수화기 너머에서 들리는 직원의 목소리. 그리고 쿠당탕 열리는 문.

"야! 저 새끼 잡아!"

통화하고 있는 박운호를 보고 다급하게 몸을 달리는 경찰들.

동시에 박운호는 핸드폰을 붙잡고 비명을 질렀다.

"박운호입니다! 노형진 변호사님에게 의뢰한다고 전해 주세요! 제발 빨리…… 아아악!"

다음 순간 그의 몸은 거구의 경찰들에게 깔렸고 핸드폰은 순식간에 빼앗겼다.

⚖

—박운호입니다! 노형진 변호사님에게 의뢰한다고 전해 주세요! 제발 빨리…… 아아악!

핸드폰에서 울려 퍼지는 목소리.

그 목소리를 들은 노형진은 진지하게 눈앞에 앉아 있는 박운호에게 물었다.

"이 목소리, 박운호 씨 맞지요?"

"맞습니다. 네, 맞아요."

"좋습니다. 그러면 정식으로 수임한 걸로 하지요."

"아……."

박운호는 펑펑, 눈물을 쏟아 냈다.

검찰로 끌려오자마자 검사는 폭행도 불사하며 그를 압박했다.

물론 그 과정에서 자칭 변호사라는 사람이 들어오기는 했다.

하지만 국선변호인이란다.

자신이 직접 고용하겠다고 했지만, 그럴 권리가 없단다.

심지어 아내에게 연락하려고 했지만 핸드폰이고 뭐고 다 빼앗겼다.

이미 답은 정해져 있었고, 그렇게 그는 이번 사건의 주범으로 특정되어 가고 있었다.

"도대체 저한테 왜 이러는 겁니까! 제가 주범이라니요! 전 아닙니다!"

"알고 있습니다. 하지만 답은 정해진 거지요."

"이미 학선건설이 주범인 건 다 알려져 있지 않습니까?"

"글쎄요."

노형진은 아리송하다는 표정을 지었다.

"그건 확실하지 않지요."

"뭐라고요?"

"그 학선건설이 주범이라는 증거가 없습니다. 그저 소문일 뿐."

아차 싶은 표정이 되는 박운호.

확실히 노형진의 말대로 주범이라는 소문만 돌고 있을 뿐 증거는 없다.

"사실 이런 경우에 검찰의 대응은 간단합니다."

학선건설을 대신해서 총알을 맞아 줄 사람을 내미는 거다.

그 과정에서 주범으로 찍힌 박운호의 진실이나 피해는 전혀 감안할 요소가 아니다.

모든 사건은 박운호가 주범으로 벌인 일로 마무리될 것이다.

"학선건설에서 그걸 사 가지고 갔단 말입니다!"

"증명할 수 있습니까?"

"그건……."

박운호는 말문이 콱 막혔다. 증명할 수단이 없기 때문이다.

"나름대로 안전을 위해 흔적을 남기지 않으셨겠지요."

아무리 열심히 추적해도 그 장비의 끝은 박운호다.

박운호가 관련 장비를 산 기록은 있겠지만 이후 박운호는 그걸 현금으로 팔았다.

당연히 팔았다는 증빙 같은 건 없다.

"하지만 그놈들이……."

"그놈들이 누군데요? 명함이라도 주던가요?"

"……."

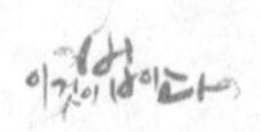

"설사 걸린다고 해도 그들은 학선건설에서 더러운 일을 담당하던 자들일 겁니다. 그런데 이제 와서 '학선건설에서 시켰습니다.'라고 할까요, 아니만 당신을 물고 늘어질까요?"

누군가는 자신이 살기 위해 남을 배신하기도 한다.

하지만 학선건설 내부에서 키우던 놈이라면 그럴 가능성이 높지 않다.

'그걸 알기에 내가 노리지 못하는 거지.'

그런 놈들은 감옥에 가는 것 역시 감안하고 키워지는 거고, 문제가 생기면 꼬리 자르기가 된다는 걸 알고 있다.

그럼에도 불구하고 내부에서 키운다는 건 그만큼 충성심이 있다는 거다.

"그들에 대해 기자회견을 하면……."

"지금 상황을 모르시는군요."

노형진은 미리 준비한 신문 몇 개를 꺼내서 그에게 내밀었다.

신문을 받아 넘기던 박운호는 입술을 깨물었다.

뉴스에서는 모두 자신을 주범으로 몰아붙이고 있었다.

"이미 인민재판 과정으로 들어갔습니다. 전형적인 방법이지요."

누군가를 보호해야 하는 상황에서 그들이 벗어나기 힘들면, 검찰과 법원은 중간에 꼬리를 책임자라고 내민다.

그리고 그 모든 비난과 관심이 그에게 쏠리는 사이에 진짜 핵심은 빠져나간다.

“아마도 조만간 회사 내부에서 관련자 중 한 명이 총대를 메고 양심선언을 하겠지요, 당신의 지령으로 일을 했다고.”

“하지만…… 그러면 그, 피해자들이 있지 않습니까?”

피해자들이 존재한다. 그러니 그들이 입을 열면 된다.

박운호는 그렇게 생각했다.

“글쎄요, 그게 가능할까요?”

“네?”

“아마 모르시겠지만, 피해자들 중 몇몇은 이미 고소했다가 무고죄로 처벌받았습니다.”

명확한 증거가 없다면 무고가 성립된다.

“간단하게 설명해 드리지요. 성 접대가 이루어졌다는 건 부정할 수 없는 사실입니다. 그러나 그걸 누가 받았는지 증명할 수 없다는 것도 부정할 수 없는 사실입니다.”

검찰에서는 수사한답시고 시간을 끌 테고, 단 한 달만 지나면 이 모든 사건은 흐지부지 끝날 것이다.

그리고 경찰은 증거 불충분으로 사건 종결 처리.

양심선언 했던 직원은 자수로 인한 감형 사유가 인정받아서 벌금 또는 집행유예.

그리고 마지막 시기에 적당히 사건을 하나 터트리면 사람들의 시선은 거기로 향할 것이다.

“당신 하나만 처벌받는 거죠. 모르시지는 않을 텐데요? 물론 기자회견 같은 걸 하실 생각일 수도 있지요. 그런데 그걸 누가 전달해 준답니까?"

"……."

범죄자들이 기자회견을 한다고 해서 기자들이 오는 것은 아니다.

그리고 한국에서 그런 주장을 언론에 전달한다고 해서 그게 발표될 거라는 기대도 하기 힘들다.

"지금 검찰과 법원은 검사와 판사에 대한 탄핵을 막아야 합니다. 그리고 그 유일한 방법은, 그 모든 죄를 다른 누군가에게 뒤집어씌우는 거지요."

특히 접대받은 판검사들은 모두 핵심 권력층이다.

그들을 보호하기 위해서는 뭐라도 해야 하는 것이 그들의 상황.

"현 상황에서 박운호 씨가 정확하게 아셔야 하는 게 있습니다. 지금 당신을 공격하는 건 학선건설이 아닙니다, 검찰과 법원이지."

이 두 개는 결과는 같을지언정 과정은 상당히 다르다.

주공은 검찰과 법원이고 보조가 학선이다.

"그러면 제가 기자회견 같은 걸 해도 아무 소용이 없단 말입니까?"

"그렇습니다. 당연히 인터넷에 올린다거나 하는 것도 의미가 없지요."

그는 이미 인민재판을 당한 상황이다.

이미 극악한 범죄자로 각인되어 버렸기 때문에 무슨 말을 하든 아무런 효과도 발휘하지 못한다.

"그러면…… 저는 어떻게 해야 합니까?"

박운호는 울상이 되었다.

위험한 장사를 한다는 건 알고 있었지만 그렇다고 이 지경이 될 거라고는 상상도 하지 못했다.

"제가 누구에게 팔았는지 다 말하겠습니다. 다 말할 테니까……."

"누차 말하지만 의미가 없습니다. 직업 자체가 위험한 직업인데 이제 와서 그게 무슨 의미가 있습니까? 그리고 파셨다고 고백한다고 한들, 한 줌이나 되겠습니까?"

오로지 현금으로만 거래해 온 박운호다.

당연히 몰카를 사 간 사람들에 대해 이야기해 줄 수 있는 게 없다.

"극히 일부 카드를 쓴 사람에 대해서만 이야기가 나오겠죠. 그리고 그건 검찰이 카드사에 영장을 청구하면 바로 나올 정보고요."

그다음은 뻔하다.

검찰은 그걸 이용해서 더더욱 홍보할 것이다.

'봐라, 이놈이 이렇게 성범죄자들이게 몰래카메라를 팔아먹은 아주 못된 놈이다.'라고.

'아주 열심히 머리를 굴렸어.'

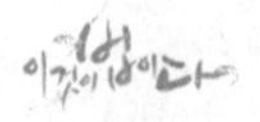

검찰에서 그렇게 하는 이유는 여성계의 시선을 돌리기 위해서다.

노형진은 정치적 압박을 위해 여성계를 이번 사건에 끌어들였다.

그런데 이렇게 성범죄자를 던져 버리면, 여성계는 검찰보다는 성범죄자에게 더 집중하는 포지션을 취할 수밖에 없다.

자신을 감출 수 있는 절호의 기회다.

"그러면 어떻게 합니까? 시키는 대로 다 하겠습니다. 제발, 저 좀 구해 주십시오."

'그래, 이렇게 나와야지.'

노형진이 원하는 순간이 바로 이런 순간이었다.

박운호에게는 미안하지만 일이 이렇게 될 거라는 걸 예상하고 있었기 때문에 유찬성 의원을 이용해서 기자들을 이쪽으로 이끌었다.

미안함? 박운호는 몰래카메라가 대부분 어떻게 이용되는지 안다. 그걸 알면서도 팔았다.

사실 몰래카메라의 경우는 생각보다 수요가 좀 있는 편이다.

그런데 사람들의 예상과 다르게 그러한 수요의 대부분이 법률 계통에서 발생한다.

즉, 합법적인 증거의 수집, 만일의 사태에 대비한 현장의 감시 등이 목적이다.

당연히 그러한 수요를 대상으로 판매하는 업체들이 존재

하며 그들은 떳떳하게 거래한다.

'하지만 박운호는 그게 아니었지.'

뒤에서 몰래 거래하고, 대금은 오로지 현금으로만 받았다.

즉, 불법적 사용 가능성을 알면서도 그런 카메라를 판매했다는 거다.

'그런 사람한테 미안할 필요는 없지.'

카메라는 그저 도구일 뿐이다.

식칼은 요리의 도구일 뿐이지만 누군가의 손에서는 무기가 되는 것처럼, 몰래카메라 역시 누군가에게는 자기보호의 도구이지만 누군가에는 남의 인생을 파멸시키는 도구가 된다.

그걸 알면서도 불법을 저지른 박운호에게 노형진은 전혀 미안한 마음이 들지 않았다.

'그리고 이용하려면 철저하게 이용해야지.'

노형진은 속으로 그렇게 생각하면서 그를 똑바로 바라보았다.

"상황을 뒤집을 수는 없습니다. 그건 설사 저라고 해도 방법이 없지요. 아마 법원에는 이미 판결문이 나와 있을 겁니다."

물론 진짜로 판결문이 있지는 않을 것이다.

그저 이미 답을 정해 놨다는 걸 말해 주는 것뿐이다.

"그러니 우리는 역습을 합시다."

"역습요?"

"저들은 이쪽에서 어떻게 해서든 이 상황을 벗어나기 위해 노력할 거라 생각하고 일을 시작했습니다. 사실 그건 당연한 일이지요."

설명을 하던 노형진이 잠시 말을 멈추더니 진지한 표정으로 고개를 주억거렸다.

"그러니까 반대로, 진짜로 이쪽이 주범으로 나가 버리는 겁니다."

"네? 주범으로요?"

"그렇습니다."

노형진은 자신 있게 말했다.

"지금 검찰은 참고 있을 뿐이거든요. 그 부분을 쥐고 흔드는 거지요, 후후후."

⚖

"역습이라. 그게 무슨 말인가? 무죄라는 증거가 없는데."

"저들은 지금 박운호가 주범이라고 몰아붙이고 있습니다."

"그렇지. 언론에서도 그렇게 말하고 있고."

아니라는 증거는 없다.

사실상 처벌을 피할 방법은 없는 거다.

"그들은 박운호에게 피할 방법이 없다고 생각하지요. 하지만 피하지 않을 거라고는 생각하지 못할 겁니다."

"피하지 않는다고?"

"만일 박운호가 각 정당의 사람들과 밀접한 관련을 가지기 시작한다면 어떻게 될까요?"

"응?"

노형진의 말을 들은 유찬성의 표정이 묘하게 변했다.

각 정당의 사람들이라니?

"설마 우리 당 말인가?"

"아니요. 반대입니다. 제가 말하는 건 자유신민당 쪽입니다."

"그쪽은 왜?"

"검찰은 관련 증거가 그에게 없다는 사실을 압니다. 그런데 자유신민당도 알까요?"

"……!"

노형진의 말에 유찬성의 눈이 커졌다.

모를 것이다. 지금 검찰은 이번 사건의 약점을 무척이나 감추려고 하고 있다.

"정치란 비정하지요."

만일 내 약점을 드러내면 상대방은 그걸 감추고 보듬어 주는 게 아니라 어떻게든 이용하려고 한다.

자유신민당과 검찰 그리고 법원은 서로 손잡은 상호 이득 관계일 뿐 절대적인 동맹은 아니다.

"절대로 증거가 없다는 이야기는 안 할 겁니다."

"그러면 자유신민당 입장에서는 관련 증거를 가지고 있다고 생각하겠군."

검찰도 뉴스도 그렇게 이야기할 테니 당연히 그렇게 생각할 수밖에 없다.

"과연 여기서 자유신민당이 엮이지 않을 가능성은 얼마나 되겠습니까?"

"없겠지."

검찰과 법원을 관리하기 위해 성 접대를 한다는 것은 문제가 생겼을 때 수습하기 위해서다.

그런데 건설업이라는 것은 결국 이득을 얻기 위해 하는 사업이다.

즉, 정부 주관 사업을 따내거나 다른 사업을 할 때 그 허가를 받아 내기 위해서는 검찰과 법원의 힘이 아닌 다른 힘이 필요하다.

"박운호가 그들과 접촉하면서 민주수호당과 접촉하면 자유신민당 입장에서는 난리가 날 수밖에 없지요."

둘 중 하나이니까.

민주수호당에 접촉해서 모든 관련 자료를 넘기든가 자유신민당에 이야기해서 혐의를 벗고 탈출하든가.

"애초에 우리 쪽에서 그에게 달라붙었던 게 사실이지요. 아마 자유신민당은 그에게 자료가 있다고 생각할 가능성이 아주 높습니다."

"그걸 가지고 삥카를 치겠다 이거군."

"그렇습니다. 그리고 그렇게 되면 검찰을 압박할 다른 카드가 필요하게 됩니다."

노형진은 이 모든 것을 예상하고 모든 패턴에 대비해서 대응했다.

"그 카드는 탄핵이군."

"당장 손잡은 사이라고 해서 자기도 죽을 수는 없으니까요."

그 자료가 공개되어서 신민당이 날아가는 걸 감수하기보다는 검찰과 법원을 날리는 게 훨씬 이득이다.

그래야 자신들이 산다면, 그들은 기꺼이 탄핵을 선택할 것이다.

"박운호는 도구로서 이용당할 뿐이지요. 물론 처벌은 피할 수가 없겠습니다만."

그러나 몰카 판매에 대한 처벌은 약하다. 그러니 벌금 정도에서 끝날 가능성이 크다.

"검찰에서 그쪽을 설득할 가능성은?"

"그렇게 되면 그 모든 자료들이 바로 민주수호당으로 올 텐데요?"

"그런데 그걸 말만으로 속일 수 있을까?"

"누가 말뿐이라고 했습니까?"

"응? 영상이 있나?"

"영상은 없습니다. 하지만 그 영상을 본 기억은 있지요, 후후후."

⚖

노형진은 회귀 전 누출된 영상을 본 적이 있다.

당연히 그 장면에 대한 대략적인 기억이 있다.

누가 나왔는지 그리고 어떻게 놀았는지 등등.

그는 새어 나온 정보라고 둘러대며 박운호에게 그 관련 정보를 말했다.

그러자 박운호는 자유신민당을 겁박하기 시작했다.

"백장광 의원님, 그렇게 어린 여자 둘을 끼고 가슴 만지작거리는 게 좋으십니까? 애가 그렇게 울고 있으면 저 같으면 미안해서 손도 못 댈 것 같은데, 몸부림치는 애를 그렇게 찍어 누를 필요는 없지 않았습니까? 거의 손녀뻘이던데."

백장광은 얼굴이 사정없이 일그러졌다.

그리고 그 말을 들은 서소준 의원은 속으로 한숨을 쉬었다.

'확실히 가지고 있나 보군.'

그렇지 않다면 백장광 의원이 이런 모습을 보일 리가 없다.

애초에 서소준 의원은 백장광 의원이 거기에서 접대받았다는 사실도 몰랐다.

그런데 굳이 오겠다고 해서 같이 왔더니 상황이 제대로 물렸다.

"저도 조용히 살고 싶은 사람입니다. 그런데 이렇게 저를 몰아붙이면 같이 죽을 수밖에요."

"뭘 원하나?"
"제가 이 상황에서 뭘 원할 것 같습니까?"
박운호는 떨리는 목소리로 말하며 손을 들어 보여 줬다.
거기에는 수갑이 채워져 있었다.
"다들 아시지 않습니까?"
"으음……"
백장광과 서소준은 침음성을 삼켰다. 너무 뻔하기 때문이다.
하지만 그가 요구하는 게 쉬운 게 아니라는 점이 문제다.
"검찰에서는 이미 자네를 주범으로 처벌하기 위해 모든 준비를 다 해 놨네."
"알고 있습니다. 제 변호사가 그렇게 이야기해 주더군요."
"그랬겠지."
노형진이 박운호의 변호사라는 건 알고 있다.
그러니 더 위험하다.
다른 변호사라면 그냥 변론하다가 흐지부지 끝날 일이지만 노형진은 무슨 일이든 저지르고도 남을 타입이기 때문이다.
"노 변호사가 둘 중 하나를 선택하라고 하더군요."
"둘 중 하나?"
"우리나라에서 자유신민당을 빼고 다른 선택지가 뭐가 있겠습니까?"
"……."
남은 하나는 오로지 민주수호당뿐이다.

물론 소수 정당이 없는 것은 아니지만 힘을 가진 것은 민주수호당뿐이다.

"거짓말하지 않겠습니다. 지금쯤 다 아실 텐데요? 제가 걸린 거, 민주수호당의 유찬성 의원이 찾아왔기 때문입니다."

즉, 민주수호당은 증거의 존재를 알고 있으며 그걸 요구하고 있었다는 소리다.

"검찰은 그걸 막고 싶은 거고요. 어차피 검찰에서 결정한 이상 저는 최고 형량이 나올 테니 더 이상 제가 눈치 볼 이유는 없지요."

"우리보고 선택하라 이건가?"

"그러지 않으면 제가 여기서 나갈 방법이 있습니까?"

확실히 달리 방법이 없다.

그런데 유일한 방법이라는 게 결국 검찰과 법원의 탄핵에 동조하는 것이다.

"싫으시면 다음 선거에서 야동이 풀 버전으로 인터넷에 공개되겠지요."

"크."

그렇잖아도 선거에서 불리한 상황이다.

그런데 선거 직전에 그런 영상이 나돌아 버리면 사실상 선거는 끝장난다고 봐야 한다.

'검찰과 법원이 날아가도 그건 마찬가지이기는 하지만…….'

지금까지 그들은 자신들과 손잡고 국민들을 탄압해 왔다.

그 모든 게 조금씩 숨통을 조여 오는 걸 알면서도 천천히 침몰하는 배에서 탈출할 수 없다는 게 이런 기분일까?

두 사람은 숨이 턱턱 막혀 왔다.

"그리고 노형진 변호사 말로는 주범을 특정해서 들이밀 수 있다고 하던데요."

주범, 즉 학선건설과 김중학이다.

사실 그를 특정해야 하지만 검찰에서 모른 척하고 있는 상황이다.

"그쪽으로 방향을 돌려 주시면 제가 나가는 대로 모든 영상은 폐기시켜 드리지요."

"그걸 어떻게 믿나?"

"안 믿으셔도 됩니다. 어차피 저는 민주수호당과 이야기하면 되니까요. 그리고 어차피 김중학은 처분하실 거 아니었나요?"

"그걸 어떻게……?"

"노 변호사가 그러더군요, 어차피 김중학은 끝났다고."

당연한 말이다.

김중학이 몰래카메라를 가지고 장난쳤다는 게 이번에 드러났다. 정치인이 어떤 존재인데 그걸 그냥 두겠는가?

지금이야 탄핵과 관련해서 모른 척하고 있을 뿐이지만 잠잠해지면 보복을 하지 않을 리가 없다.

"결국 조금 더 당겨서 보복하는 것뿐입니다."

박운호의 말에 백장광과 서소준은 자신들이 코너에 몰렸다는 사실을 알아차렸다.

“영 미덥지 않으시면 제가 영상의 일부를 보내 드리고요.”

“아니, 그럴 필요는 없네.”

결국 두 사람은 마음을 굳혔다.

침몰하는 배에서는 내리는 게 현명하다고 말이다.

⚖

검찰과 법원은 말 그대로 멘탈이 나갔다.

열심히 박운호를 주범으로 몰고 가고 있었는데 자유신민당에서 그들의 뒤통수에 칼을 꽂았기 때문이다.

-저희 자유신민당은 현재 검찰의 수사에 대해 의심을 감출 수가 없습니다. 검찰은 지금 탄핵과 관련하여 국회에서 집중 조사를 받고 있습니다. 그 와중에 관련 사건에 대해 사건 관련자가 조사하는 건 말이 되지 않는다고 생각합니다.

민주수호당도 아니고, 자유신민당에서 날아온 칼날.

그 칼날은 지금까지 버티던 검찰과 법원의 상황을 무너트리기에 충분했다.

—이번 사건과 관련된 것은 특정 인물이 아니라 모 기업인입니다. 그런 그에 대해서는 단 한 번도 조사하지 않고 단순히 카메라를 판매한 업자에 대해 조사해서 어떠한 증거도 없이 주범으로 몰아가는 행위를, 저희 자유신민당에서는 이상하다고 생각하지 않을 수가 없습니다.

사실 이게 진실이기는 하다.

하지만 그 진실이 정치인의 입에서 나오자 그 무게가 달라졌다.

그렇다고 해서 그들이 자유신민당을 공격할 수도 없었다.

"검찰 내부에서는 뭐라고 해?"

"말도 마라. 요즘 살벌하다 못해서 숨소리만 조금 커져도 바로 욕이 날아오고 난리도 아니다."

"끝?"

"끝이기는 개뿔."

오광훈은 피식거리면서 웃었다.

"나가리 되는 놈들이 워낙 많아서 그 빈자리 들어가려고 아주 눈이 벌게진 애들이 한둘이 아니다. 아마 당분간은 투서가 계속될 거야."

투서는 내부 고발을 하는 거다.

그런데 검찰이나 법원 그리고 군대는 그동안 내부 문란 행위라고, 정작 그러한 내부 고발자들을 처벌해 왔다.

"하지만 이제는 그걸 걱정이 없는 곳이 생겼잖아."

당연히 그 투서가 민주수호당으로 몰려가기 시작했고, 투서의 대상이 된 사람들은 조사받고 탄핵 위기에 몰렸다.

"어찌 되었건 국회 방송의 최대 시청률이겠는데?"

어이가 없다는 듯 말하는 오광훈.

사람들이 잘 모르는 채널 중 하나가 바로 국회 방송이다.

정식 방송이 아닌 인터넷 방송이지만 국회에서 표결이나 토론을 할 때 그걸 중계해 주는 곳이 바로 국회 방송이다.

원칙적으로는 국회의 모든 일정을 공개한다.

다시 말해서 탄핵의 과정 역시 공개한다는 것이다.

"그럴 거야. 이미 자유신민당 쪽에서도 등을 돌렸으니까. 검찰과 법원에서 그들을 공격할 방법이 마땅히 없거든."

물론 그들의 범죄 사실을 공개한다거나 하는 식으로 공격이 가능하기는 하다. 하지만 그런다고 해서 탄핵이 멈추거나 무효화되지는 않는다.

더군다나 그걸 공개하기에는 이미 늦었다.

이미 표결 중인 것을 어떻게 막는단 말인가?

—이번 사건으로 인해 수많은 여성들이 피해를 입었습니다. 이미 고발 건수가 100건이 넘어가고 있고 피해의 증거 역시 속속 드러나고 있습니다.

유찬성이 대표로 탄핵안을 발의해서 발표하는 상황.

오광훈이 조사한 기록은 그대로 국회로 넘어갔다. 그리고 국회에서는 그걸로 탄핵을 시도하고 있었다.

"도대체 몇 명이나 날아가는 거야?"

"한두 명이 아니지."

그 사건과 관련된 판검사만 쉰 명이 넘고, 다른 사건과 관련해서 탄핵에 부쳐진 사람도 있다.

오늘 하루만 무려 일흔 명의 판검사가 탄핵 표결에 부쳐졌다.

어마어마한 숫자라, 검찰과 판사는 너무 놀라서 입을 꾸욱 다물 수밖에 없었다.

지금까지 쥐고 있던 무기를 쓴 적이 거의 없던 정치인들이 제대로 휘두르기 시작하자 분위는 걷잡을 수 없이 망가지고 있었다.

"이번 사태로 검찰과 국회의원 사이가 완전히 틀어지겠는데."

"그게 정상이지."

"그게 정상이라고?"

"삼권은 서로를 견제하는 자리에 있어야 한다고. 그런데 지금까지는 서로 친하게 지냈지. 그건 정상적인 게 아니야. 어떻게 서로가 친하게 지내? 서로가 서로를 견제해야 하는데. 수배자랑 경찰이 대놓고 같이 술 마시는 꼴 아니야?"

"어…… 그렇기는 한데……."

오광훈은 노형진의 설명이 이해가 간다는 듯 고개를 끄덕

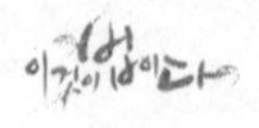

거렸다.

“그러면 우리가 하는 건 비정상의 정상화인가?”

“그 말을 너한테서 들을 줄은 몰랐다.”

“어?”

“아니, 그런 게 있어.”

비정상의 정상화. 그런 말을 했던 정치인이 있다.

그러나 그가 국가권력을 잡았을 때 나라는 어느 때보다 비정상화되었다.

“그래, 비정상의 정상화. 맞지.”

비정상이 정상이 된다면 세상이 얼마나 바뀔까?

“그 세상이 참 궁금해지네.”

그건 노형진의 진심이었다.

거대한 도시

노형진은 회귀자다. 그 덕분에 많은 미래를 알고 있다.

대부분의 경우는 그 지식을 이용하려고 하는 편이다.

하지만 아무리 그래도 절대 이용하지 않으려고 하는 일도 있는 법이다.

"신종 바이러스에 대한 연구는 계속되고 있습니다. 그런데 이런 일을 굳이 하셔야 합니까?"

"필요에 의해 하는 일입니다. 만일의 사태에 대비해야지요."

"만일의 사태라지만, 굳이 이렇게 막대한 돈을 들이실 필요가 있을지……."

"말 그대로 혹시 모를 일입니다."

"알겠습니다."

노형진의 말에 로버트는 고개를 끄덕거렸다.

노형진은 의료 재단을 여러 개 가지고 있다.

미국에서 난리가 났을 때 구입한 곳이다.

당연히 그곳과 관련된 연구소들도 몇 곳 있는데, 노형진은 그곳에서 중국에서 검출된 바이러스에 대한 철저한 조사와 바이러스 치료제 개발에 매달리도록 하고 있다.

특히 박쥐에서 발생한 바이러스에 대해 조사하게 하고 있었다.

'그런데 어떤 바이러스인지 알 수가 없으니, 원.'

얼마 지나지 않아서 수많은 사람들의 목숨을 빼앗아 가게 되는 신종 바이러스. 그에 대한 대응책이다.

그 바이러스로 전 세계에서 수십만, 드러나지 않은 피해까지 생각하면 수백만의 생명이 사라져 갔다.

'아무리 돈이 든다고 해도 그에 관련된 약은 찾아 놔야 해.'

최소한 가능성이 높은 약이라도 만들어 놔야 한다.

약의 제조법 정도만 만들어 두고 동물실험만 해 둔다고 해도 허가받아서 임상 시험을 서두를 수 있고 피해를 최소한으로 줄일 수 있는 기회가 될 테니까.

'하지만…….'

문제는 노형진이 그 바이러스에 대해 아는 바가 없다는 거다.

현실적으로 박쥐의 몸에서 기생하는 바이러스는 한두 종류가 아니다. 수천 종에 달하고, 그게 변종을 일으켜서 생긴 거라면 당연히 지금 연구한 약은 의미가 없을 수도 있다.

'가장 큰 문제는 그 소문이 진실인 경우인데.'

그 당시에 돌았던 소문 중 하나가 그 바이러스는 중국의 군사 무기로 개발되었다가 사고로 유출되었다는 것이었다.

그런데 정말 그렇다면, 아무리 노형진이 지금 대응책을 만들어 둔다고 해도 그게 그때 가서 먹힐지는 확실하지 않은 일이다.

'그래도 없는 것보다는 낫겠지.'

50%라도 완성된 상태에서 시작하는 것과 제로에서 시작하는 것은 전혀 다른 일.

노형진은 그 때문에 병원과 연구소를 이용해서 최대한 바이러스를 조사하고 있었다.

그나마 다행인 것은 노형진이 그 당시에 돌았던 소문에 대해 아주 잘 기억하고 있다는 것이다.

그중 하나가 에이즈의 유전자가 해당 바이러스에 들어가 있다거나 에이즈 치료제가 효과가 있다는 것이었다.

그 정도 정보만 있어도 충분히 바이러스를 특정할 수 있기에 노형진은 그와 관련된 바이러스에 최대한 대응할 수 있는 방법을 찾아 두라고 했다.

"손해가 큽니다만."

"생명의 가치는 그 이상이지요."

노형진은 방어복을 입고 연구하는 사람들을 바라보면서

이야기하다가 고개를 다시 로버트에게 돌렸다.

"그나저나 저한테 하실 말씀이 있다고요?"

"네. 좀 조용한 곳으로 가서 이야기를 나누고 싶습니다."

살짝 눈을 찡그리다가 이내 고개를 끄덕인 노형진은 그와 함께 연구실의 위에 있는 작은 회의실로 향했다.

이런 연구실은 미래의 약에 대한 연구를 하기에 보안이 철저해서, 누군가가 몰래 듣는 것은 불가능했다.

"미국에 무슨 문제라도 있습니까?"

"미국의 문제라기보다는 전 세계적인 문제입니다만."

"큰 손실을 본 게 있나요?"

노형진은 고개를 갸웃했다.

물론 세계경제에 부침이라는 게 있을 수는 있지만 노형진이 기억하는 한 어마어마한 충격은 없기 때문이다.

"한국에서 지원 요청이 왔습니다."

"지원 요청?"

"그렇습니다. 일단 마이스터에서는 거절하는 것으로 가닥을 잡았습니다만, 미스터 노에게는 이야기해 놔야 할 것 같아서요."

"지원 요청이 올 만한 일이 딱히 있나요?"

"한국의 주요 조선사들이 파산 직전이라고 합니다. 한성조선이 매물로 나왔습니다. 하지만 대부분은 구입을 꺼리고 있습니다."

"아!"

노형진은 정신이 번쩍 들었다.

'이때가 암흑기구나.'

노형진에게도 남아 있는 한국의 조선 산업에 대한 기억.

'내가 왜 그걸 생각하지 못했지? 아니, 조선 같은 중공업은 그다지 관심을 안 가지기는 했구나.'

"역시 무리라고 생각하시나 보군요."

"아니요. 아닙니다. 다만 생각난 게 있어서요. 그래서 한국의 요청은 어떤 겁니까?"

"일단 한국의 조선 기업들에 투자를 해 달라는 겁니다. 한성조선소 같은 경우는 구매해 줄 사람을 찾는 모양인데……."

노형진은 로버트를 뚫어지게 바라보았다.

로버트는 유능한 사람이다.

하지만 그렇다고 해서 경우가 없는 사람은 아니다.

그런 그가 이사회에서 거절이 결정된 걸 굳이 이야기하는 것은 다른 이유가 있기 때문일 가능성이 높다.

"로버트는 이사회의 결정과 의견이 다른 모양이군요."

"저는 미스터 노와 함께 오래 일했습니다. 그 과정에서 중국에 대해 잘 알게 되었지요. 솔직히 말하면 중국은 그다지 믿을 만한 나라가 아니라고 생각합니다."

"하지만 이사회는 그렇게 생각하지 않는 모양이군요."

"이사회 입장에서는 사실 게임이 안 되니까요. 표결을 부칠 이유조차 없을 상황이었습니다."

"흠…… 하긴 그렇지요."

한국의 조선업은 전 세계 제일이다.

정확하게는, 전 세계 제일'이었다'.

하지만 중국이 뛰어들면서 심각하게 휘청거리기 시작했다.

그럴 수밖에 없는 게, 중국이 저렴한 인건비를 바탕으로 어마어마하게 수주를 끌어가 버렸기 때문이다.

한국에서 조선업은 인건비가 비싸기로 소문난 산업이다.

어느 정도냐면, 조선업이 가장 발달한 울산의 경우는 지나가는 개 새끼도 만 원짜리를 물고 다닌다는 소문이 돌 정도였다.

'그러고 보니 이때부터 지옥이 들이닥쳤지.'

문제는 그러한 높은 인건비와 비싼 원자재 때문에 배의 가격이 너무 비싸다는 것.

일본의 경우는 훨씬 비싼 인건비 때문에 이미 세계적인 조선 강국에서 멀어지고 있는 상황.

더군다나 일본은 설계의 오류로 인해 배가 침몰하고 십여 척이 운항 불가 판정을 받았다.

한국처럼 설계를 전담하는 팀이 있는 게 아니라 기존에 있는 배의 설계를 그대로 답습해서 비슷한 선박을 만드는 방식으로 단가를 낮췄기에 설계 전문가가 필요가 없었고, 그게 반복되다 보니 결국 일본 내 설계 전문가가 씨가 마른 것이 문제가 되었다.

기존 설계도대로 배를 찍어 냈는데 그게 두 동강이 나면서 침몰했고, 나중에 조사 결과 십여 척 이상이 동일한 설계도를 썼으며 당연히 해당 선박들도 동일한 증상으로 침몰 직전이라는 사실이 드러나면서 일본의 조선 산업은 그걸로 끝장이 나 버렸다.

그 이후에 한국이 일본에 비해 낮은 가격과 뛰어난 상품성으로 배를 건조했는데, 중국이 급속도로 성장하면서 한국에도 선박업의 몰락이 닥친 것이다.

'그리고 그게 모두 중국으로 흡수되지.'

배마다 다르지만 2분의 1, 싸게는 3분의 1 수준까지 가격이 떨어지자 배를 만드는 사람들이 모조리 중국으로 쏠리기 시작했다.

'그리고 그게 2년 전부터 시작된 일.'

노형진의 기억이 맞으면 올해 한국에서 수주한 배는 단 한 척도 없다.

즉, 사실상 지금 만들고 있는 배의 작업이 종료되면 일감 자체가 없어진다는 거다.

'그런 상황이니 회사들도 난리가 났겠지.'

한국에서도 그 사태를 해결하기 위해 노력했지만 애석하게도 워낙 극단적인 가격 차이 때문에 결국 해결하지 못했다.

"로버트 씨는 중국에서 싹 쓸어 가는 현 상황이 오래가지 않을 거라 생각하시나 보군요."

역시 천재적인 투자자라고 해야 할까?

다들 단가와 금액만 계산하고 있을 때 그는 가능성에 대해 생각하고 있었다.

"하지만 중국은 자국 항공모함까지 만들 정도로 조선 강국 아닙니까?"

노형진은 다 알면서도 슬쩍 그에게 물었다.

그 질문에 로버트는 진지한 표정이 되었다.

"그게 저는 의심스럽습니다."

"의심스럽다고요?"

"그렇습니다. 중국에서는 자국 항공모함까지 만들었다고 홍보하면서도 정작 그걸 대대적으로 공개하거나 실전 테스트 하는 걸 보여 주지는 않고 있습니다."

물론 무기라는 것이 언제든 자랑하는 그런 물건은 아니다.

하지만 중국은 군사 굴기를 표방하고 미국과 적대감을 쌓아 가면서 여차하면 전쟁도 불사하겠다고 몰아붙이는 상황이다.

"그렇다고 그걸 또 아예 감추는 것도 아니죠."

군사 무기를 감추는 건 사실 당연하다.

성능을 감추고 전력을 감춰야 상대방이 섣불리 덤벼들지 못하기 때문이다.

실제로 미국과 소련은 냉전으로 인해 몇 번이나 세계대전

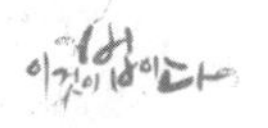

의 위험이 있었기에, 미국은 소련이 자신들과 비등할 거라 생각했다.

특히 핵에 있어서는 조금 더 많을 거라 생각했었다.

하지만 소련이 붕괴된 후에, 정작 소련의 핵전력은 미국의 3분의 1도 되지 않았음이 드러났다.

"자랑은 하는데 실전 운영은 안 보여 주는 게 이상하더군요."

'그거야 당연하지.'

사실 아직 드러나지 않았을 뿐 중국에서 진수한 전투함의 성능은 미국은커녕 한국에 비해서도 떨어진다.

중국 특유의 뻥이 들어간 스펙은 화려하지만 그게 실전에서 발휘되지 않는다는 게 나중에 드러난다.

당장 중국 항모의 전투기 출격도 미국 항모의 4분의 1 속도밖에 되지 않는다.

이게 차이가 심한 게, 그런 경우 미국의 항모와 부딪치면 전투기도 다 띄워 보지 못하고 격침된다는 의미다.

"그런 걸 봐서는 중국의 건조 실력이 확실히 부족하다고 판단됩니다. 단기적으로 본다면 수익이 나겠지만 장기적으로 본다면…… 글쎄요."

확실히 미덥지 않다는 표정이 되는 로버트를 보면서 노형진은 속으로 쓴웃음을 지었다.

'잘 아네.'

전 세계에서 역병이 돌고 수십만의 사람들이 죽어 나갔을 때 한국은 유독 피해가 적었다.

그때 한국 사람들이 자조적으로 한 말이 있었다.

한국이 피해가 적은 이유는 중국과 일본을 믿지 않아서라고.

다른 나라는 국가 대 국가라는 개념으로 그들이 최소한의 선은 지킬 거라 생각했지만, 한국은 그 두 나라가 그러지 않을 거라 생각하고 대응한 덕에 피해가 적었다는 것이다.

"아마 로버트의 생각이 맞을 겁니다. 조선업은 조만간 다시 한국으로 돌아갈 가능성이 높습니다."

"으음…… 역시 제 예상이 맞군요. 미스터 노가 그렇게 말하는 걸 보니 알려지지 않은 정보가 있나 보군요."

"뭐…… 그렇지요."

정확하게는 이제 얼마 후에 벌어질 일이다.

몇 년 전부터 중국은 조선을 싹 쓸어 갔다.

그리고 그 배들이 이제 막 바다를 떠다니기 시작한 시점이다.

'그리고 얼마 후부터 문제가 생기기 시작하지.'

사건은 중국 선박의 사용 불가 판정에서부터 시작된다.

일반적으로 선박의 선령, 즉 사용 기한은 30년으로 잡는다. 관리 상태에 따라서는 더 오래 쓸 수도 있다.

그런데 그 배는 중국에서 만든 지 3년밖에 되지 않은 것이었다.

그 이후에 선박이 고장 나서 완전히 정지되어 버리는 사태가 벌어지는데, 초거대 화물선인지라 그걸 끌고 항구에 입항

하는 데만 해도 오랜 시간이 걸렸다.

더 웃긴 건 그게 왜 고장 났는지 중국은 끝까지 알아내지 못했다는 거다.

결국 다른 곳에서 조사하고 나서야 나온 결론은 재사용 불가.

처음에는 그저 엔진 문제인 줄 알았는데 엔진뿐만 아니라 선박 자체가 온갖 문제로 인해 아예 쓸 수 없다는 판정이 난 것이다.

수리는 할 수 있는데 수리비가 제작비보다 훨씬 더 많이 들 거라는 판정.

당연히 선사에서는 기가 막혀서 말도 안 나왔지만, 문제는 그때부터 시작이었다.

일이 커지자 중국에서 만든 모든 선박에 대한 안전 점검이 들어갔는데 그런 게 한두 척이 아니었던 것.

더군다나 그나마 운행 가능한 것도 선령 30년은 턱도 없다고 판단되었다.

그런 일이 너무 자주 일어나자 보험사들은 중국산의 배에 몇 배나 비싼 보험료를 적용하기 시작했고, 결과적으로 배보다 배꼽이 더 커지는 사태가 벌어져 버렸다.

그렇게 중국 생산 물량에 대한 불신이 강해지자 선사들은 다른 조선소를 찾기 시작하는데, 그게 바로 한국이었다.

물론 일본도 있지만 일본보다는 한국의 조선 기술이 더 발전해 있기 때문이다.

더군다나 일본은 얼마 전에 운행 중이던 배가 반으로 쪼개져서 침몰하는 황당한 사고가 있어서 믿음이 가지 않았다.

'그 이후에 한국으로 다시 선박 수주가 몰리게 되지. 음…… 얼마 안 남았네.'

지금은 그 한국 조선의 암흑기의 끝자락이라고 할 수 있다.

당연히 누구도, 다시는 한국이 재기할 수 있을 거라 생각하지 못한다.

아직 중국 배들은 멀쩡하게 떠다니고 있으니까.

"그러면 한국에 다시 투자해야 할까요?"

"그건 좋습니다만……."

노형진은 그 말을 하려다가 잠깐 멈칫했다.

"왜 그러십니까? 문제가 있나요?"

"문제요? 있지요, 아주 심각한 문제가."

노형진의 생각은 계속 꼬리를 물었다.

그럴 수밖에 없다. 사실 중국의 무차별 저가 전략을 무시할 수야 없지만 한국 조선 사업의 가장 큰 문제는 내부의 고질적인 병폐이니까.

'그러고 보니 그 문제를 아예 해결하고 나서 투자하든 하는 게 좋겠는데.'

그 고질적인 문제. 그건 어떻게 보면 한국에서는 당연한 문제 중 하나였다.

'대기업들의 장난이 문제란 말이지.'

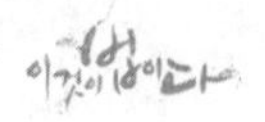

조선업이라는 게 대기업이 아니면 할 수 없는 일 중 하나다. 그렇다 보니 모든 조선소들이 대기업 소속이었다.

'그리고 그 이후에 진실이 드러나지.'

속된 말로 조선소는 그들의 쌈짓돈이었다.

조선소라는 건 전형적인 노동집약형산업이다.

그리고 대기업들은 언제나처럼 그걸 가지고 장난을 쳤다.

상당수의 근무자들을 외부 업체로 돌려서 외주로 완성해버리는 것이다.

당연하게도 그 외주에서도 장난을 쳤다.

어떤 식이냐면, 외주에서 보낸 사람이 스무 명이면 사장과 짜고 마흔 명을 보낸 것으로 청구하고, 실제로 마흔 명 치의 임금을 내놓는 것이다.

당연히 그 돈은 사장과 나눠서 먹고.

그런 곳에 외주로 들어가는 것 자체가 사실상 기업과 선이 없으면 불가능하니, 그렇게 빼돌려진 돈은 대부분 정치인들에게 뇌물로 들어가거나 비자금이 되거나 회장과 사장 일가가 빼돌리는 돈이 되었다.

'아주 개판이었지.'

말로는 중국의 저가 공세에 망했다고 주장했지만 사실 단가 하락의 여력은 더더욱 있었던 것이다.

"뭐, 이른바 명예로운 죽음인 걸지도 모르겠네요."

"네? 명예로운 죽음요?"

"아, 그런 말이 있습니다."

노형진은 고개를 절레절레 흔들었다.

일단 돈이 되고 미래가 확실히 드러난 건이다.

하지만 이대로 가만둘 수도 없는 일이다.

"아직은 마이스터를 통해 투자하겠다는 소리는 하지 마세요. 아니면, 조선업을 인수하는 쪽으로 가는 것도 나쁘지 않을 겁니다."

"투자가 아니라 인수요?"

"그렇습니다."

"하지만 조선업의 규모가 너무 큰데요."

"우리에게는 믿을 만한 친구가 있지 않습니까? 그 친구의 덩치면 충분히 가능할 것 같습니다만."

⚖

"조선소를 말인가?"

유민택은 당황해서 물었다.

"농담하나? 조선업은 끝났어."

"아닙니다. 안 끝났습니다. 중국의 조선업은 조만간 휘청일 겁니다."

전 세계에서 초대형 조선소를 운영할 수 있는 나라는 그다지 많지 않다.

그중에서도 기술이 되고 단가가 나오는 나라는 더더욱 적다.
"중국의 경우는 분명 조만간 심각한 부작용이 터져 나올 겁니다."
"부작용이라……. 역시 중국산이다 이건가?"
"그렇습니다."
한국 사람답게 바로 알아듣는 유민택.
중국은 얼마 후 군사 굴기를 외치면서 수많은 군용 함선을 제작하게 된다.
그런데 거기에는 다른 이면이 있다.
바로 외부에서 주문이 들어오지 않자 망하기 직전이 되어 버린 조선소들을 살리기 위해서라는 점.
"확신하나?"
"확신하니까 제가 유 회장님에게 말씀드리는 거지요."
"흠……."
유민택은 소파에 깊숙이 몸을 묻고 고민하기 시작했다.
실제로 조선소는 매물로 나와 있다.
전 세계에서 한국 조선은 사실상 망했다고 표현하는 게 맞다.
그럴 수밖에 없는 게, 지난 1년간 단 한 건의 선박도 수주하지 못했으니까.
한국에 있는 초대형 조선소는 무려 세 곳이다.
두한조선과 한성조선 그리고 신성조선이다.
그중 두한조선은 이미 매물로 나온 지 오래되었다. 한성조선 역시 얼마 전 매물로 나왔다.

매물로 나오지 않은 것은 신성조선뿐이다.

신성의 경우는 워낙 본사가 빵빵한 회사라 주문이 없다고 해도 최소한 기업 자체는 버틸 만한 상황이었다.

물론 구조 조정 등은 피할 수 없겠지만 말이다.

'원래대로라면 두한 역시 마찬가지겠지.'

하지만 두한은 역사와 많이 달라졌다.

노형진으로 인해 심각한 경제적 타격을 입었다.

특히 자동차 쪽을 대룡에 빼앗긴 게 심각한 타격으로 다가왔다.

자동차는 현금이 많이 흐르는 산업이다. 그걸 그대로 털렸으니까…….

"확실히 두한조선 쪽은 팔려고 해도 살 사람이 없기는 하지."

"이미 끝났다고 생각하니까요."

올해 수주량이 단 한 척도 없었을 뿐 그 전에는 막 수주량이 많았던 것도 아니었다.

원래 이런 사태는 조금씩 닥치기 마련이다.

수주량이 70%로 줄고 50%로 줄고 30%로 줄다가 결국 제로가 되는 것이다.

'인간의 인내심은 참 짧단 말이지.'

이유는 중국의 공격적 수주 때문이었다.

중국의 기술력이 떨어진다는 걸 한국만 알까?

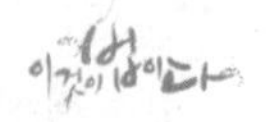

아니다. 대부분의 다른 나라들도 안다.

그러나 첫해에 수주된 배들이 멀쩡하게 다니는 걸 보고 '어, 괜찮은 것 같은데?'라는 생각을 하기 시작하고, 그래서 조금씩 중국으로 발주가 넘어가다가 2년 차, 3년 차가 되자 결국 아예 모든 발주가 넘어간 것이다.

"그리고 조만간 그 몇 년 치 수주량이 한꺼번에 터져 나올 겁니다."

"그게 무슨 소리인가?"

"중국 배들은 내구도에 심각한 문제가 있습니다. 사실상 5년 이상 쓰기 힘든 배들이 대부분입니다."

"뭐? 그게 사실이야?"

"네, 사실입니다."

그 말은, 지난 5년 사이에 중국에서 제작한 모든 선박들을 대체해야 한다는 거다.

원래 선박의 선령 사이클이 보통 30년 정도인 걸 감안해 보면, 그중 5년 치 발주가 한꺼번에 들이닥치면 조선소는 초호황이 될 수밖에 없다.

"그런 경우는 대안이 많지 않지요."

인도 같은 개발도상국들은 기술의 부족이 심각하기에 패스.

유럽의 국가들은 기술은 되지만 제작 비용이 비싸서 패스.

중국이야 그 난리의 주범이니 패스.

"일본과 한국 정도가 주요 거래처가 될 겁니다."

"일본과 한국이라. 일본이 위협적이기는 하지. 전 세계적인 강국이니까."

'아닐걸요.'

노형진은 미래에 대해 안다.

결국 일본은 조선업을 아예 포기하는 지경이 되어 버린다.

반면에 조금만 더 버티면 한국의 조선업은 말 그대로 노다지에서 금을 긁어모으는 상태가 되어 버리고.

'신종 바이러스 문제도 있고.'

초대형 배를 만든다는 것. 그건 단순히 조립의 문제가 아니다.

일반적으로 수주를 해서 배의 완성까지는 짧아도 2~3년, 보통은 4년 정도의 기간이 걸린다.

설계에서부터 검수까지 완벽해야 하기 때문이다.

그걸 제대로 못하면 일본 화물선처럼 두 동강 나서 가라앉아 버린다.

'얼마 후면 질병이 퍼지기 시작한다.'

사실상 그때가 되면 대한민국을 제외한 모든 국가의 산업이 중단된다.

그건 조선업도 마찬가지.

결국 그 기간 동안에는 선박의 주문도 한국을 통할 수밖에 없다.

그 시기에는 한국 말고는 선박을 만들 수 있는 곳이 없었으니까.

"이번이 기회입니다. 대룡의 가장 큰 문제 중 하나가 바로 중공업의 부족 아닙니까?"

"하긴 그렇지."

대룡은 중공업에 특히 약하다.

건설도 있고 자동차도 구입했지만, 중공업 부분에서 제대로 자리 잡은 곳이 없다.

"그리고 지금같이 저평가된 상황에서 구입한다면 도움이 많이 될 거라 생각합니다."

"위험한 선택이기는 하지만……."

유민택은 고민에 빠졌다.

현재 한국의 조선은 사실상 끝난 상황이다.

정부가 매달려서 전 세계에 도움과 수주를 요청할 정도가 되어 버리면 사실상 기업에 대한 믿음도 사라지는 법이다.

"제가 알기로는 두한조선과 한성조선은 임금이 최소 4개월 이상 밀렸다고 하더군요. 그것도 본사 직원 기준으로요."

당연히 파견 인력을 대상으로는 더 밀려 있다.

"울산과 통영에 가 보신 적 있습니까?"

"없네."

"거기는 지옥이 따로 없습니다."

"음? 갑자기 무슨 말인가?"

"울산과 통영의 주요 수익원은 조선소에서 나오는 돈이었지요. 그런데 조선소가 멈췄습니다. 그러면 그 지역은 어떻게 되었겠습니까?"

노형진의 말에 유민택은 묘한 표정이 되었다.

당연히 그 지역에서 사람들이 떠나기 시작할 것이다.

그게 벌써 몇 년째다.

문제가 드러나기 시작한 건 최근이지만 수주량의 감소는 계속 이어져 왔으니까.

"설마?"

"제 예상이 맞다면 거기에도 다시 한번 붐이 일겠지요."

초대형 조선소를 만들 수 있는 지형은 드물고 그걸 지원할 수 있는 인프라는 더더욱 드물다.

"거기에도 투자한다는 거군."

"확실하게 성공한다면, 투자하지 않는 게 이상한 거 아닙니까?"

노형진의 말에 유민택은 진지한 표정이 되었다.

"그리고 동시에 두한에도 타격을 입히고?"

"바로 알아들으시는군요."

"당연하지 않나? 그나저나 두한이 타격이 크겠군."

자동차 산업을 빼앗기고 그나마 철강을 소비해 주는 곳은 다름 아닌 조선소였다.

방사능 철강의 문제가 워낙 심각해서, 믿음이 사라진 다른 나라들이 두한의 철강을 구입하지 않고 있기 때문이다.

"그런데 그마저도 이제 끝이니까요."

대룡에서 미쳤다고 두한의 철강을 이용해 주겠는가?

그건 한성 역시 마찬가지다.

신성의 경우는 원래 포항에 있는 제철소에서 공급을 받았고 그걸 바꿀 이유는 없으니까.

"위험한 게임이기는 한데……."

"하지만 불가능하지는 않을 겁니다. 성공만 한다면 전 세계에서 막대한 부를 끌어올 수 있겠지요."

"전 세계라……."

유민택의 눈빛이 떨렸다.

그럴 수밖에 없다.

지금의 대룡과 과거의 대룡은 너무나 다르기 때문이다.

'그러고 보니 많이 바뀌기는 했구나.'

과거의 대룡은 한국 내부에서의 대기업일 뿐이었다.

한국에서는 자리 잡고 크게 성장했지만 해외에서는 그다지 파괴력도 없고 돈도 못 벌었다.

하지만 노형진을 만나고 나서 상황이 바뀌었다.

일본에 대한 OEM 방식 판매, 미국의 의료 진출 등등 어마어마한 진전이 있었다.

그리고 유민택은 솔직히 놀랄 수밖에 없었다.

한국에서 죽어라 버는 돈은 해외에 진출한 몇몇 사업들로 버는 돈에 비하면 말 그대로 조족지혈이었다.

한국의 재계 1위는 신성.

절대 넘볼 수 없는 아성을 가지고 있다고 생각했던 그곳.

하지만 이제는 조금이나마 따라갈 수 있는 가능성이 보이고 있었다.

"그걸 대룡이 하지 못하리란 법도 없지요."

물론 신성을 넘는다는 건 사실상 거의 불가능하다.

신성은 이미 단순한 한국 기업이라기보다는 글로벌 기업이니까.

"조선이라……."

노형진의 말에 유민택은 점점 고민이 많아지는 눈치였다.

⚖

"유 회장님이 뭘 하시든 우리는 우리가 가던 길을 가면 되는 겁니다."

노형진은 통영에 와서 주변을 둘러보며 말했다.

한때 화려했던 동네는 이제 완전히 몰락한 분위기였다.

식당들 중 상당수는 문을 닫았고 그나마 열린 곳도 손님은 없었다.

"한성조선은 타격이 큰 상황입니다."

로버트는 한국에 들어와서 노형진과 함께하고 있었다.

"아시다시피 한성은 다른 조선소보다 상황이 불리하니까요."

두한조선소나 신성조선소의 경우는 지원할 수 있는 본사가 따로 있기에 그나마 버틸 수 있었다.

하지만 한성의 경우는 자체 조선소 사업을 하는 사업체였고 본사 같은 게 없었다.

그 때문에 다른 두 곳보다 훨씬 타격이 큰 기업이었다.

"지금 책정된 가격은 얼마나 됩니까?"

"원화로 따져서 1조 정도 된다고 보시면 됩니다."

"1조라……."

과거에 한성조선소를 구입하기 위해서는 최소 4조 이상은 있어야 한다고 계산되었다.

그런데 이제는 1조란다.

"사실상 한국의 조선업이 끝난 것으로 생각되는 상황이니까요. 물론 추가로 한성이 가진 빚을 모두 넘겨받는다는 조건이 붙어 있기는 합니다만."

그래도 1조는 상당히 큰 돈이다.

"협상에 따라서는 8천억까지 깎을 수 있을 겁니다."

"마이스터의 이사회는 뭐라고 합니까?"

"애석하게도 거절의 의사를 명확하게 밝혔습니다."

아무리 마이스터가 노형진의 회사라고 해도 결국은 사업체다. 그리고 외국에서는 한국처럼 오너가 절대적인 위력을 가지지는 않는다.

"물론 미스터 노가 미다스의 이름으로 강하게 압력을 행사한다면 어쩔 수 없이 받아들이기야 하겠습니다만.”

“그럴 필요는 없을 것 같군요.”

1조 정도면 노형진 혼자서도 충분히 동원할 수 있는 자금이다.

절대 적은 돈이 아니지만, 화려한 삶을 살아가지 않는 노형진에게는 바로 동원할 수 있는 현금의 일부일 뿐이었다.

“따로 사업체를 만들어서 구입하는 쪽으로 하지요.”

“부담되진 않으시겠습니까?”

그들에게 줘야 하는 돈이 1조이고, 세금과 기타 여러 가지 비용을 생각하면 그보다 훨씬 더 많은 돈이 들어간다.

실패하는 경우 그 1조가 넘는 돈이 한 번에 사라지는 것이다.

“부담이라……. 글쎄요. 지금부터 제가 쓸 돈을 계산해 보면 그건 결코 부담이라고 생각할 수 없을 것 같은데요.”

그러자 로버트가 놀란 표정으로 노형진을 바라봤다.

“무슨 말씀이신지? 설마 두한도 구입하시려는 겁니까? 하지만 두한 쪽은 절대로 쉽지 않을 겁니다. 아시다시피 두한조선은 한성조선보다 더 큽니다.”

그리고 그곳은 대충 대룡에서 거래하는 쪽으로 이야기가 되어 있다고, 로버트는 알고 있었다.

“게다가 그 두 곳을 동시에 구입한다는 건 아무래도 자금의 흐름상 압박이…….”

로버트는 부담스러운 표정으로 질색하며 말을 이어 갔다.

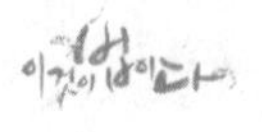

그는 뛰어난 투자 전문가이다.

그 때문에 계란은 한 바구니에 담는 게 아니라는 걸 아주 잘 알고 있었다.

"아, 오해하셨군요. 두한은 제가 구입하지 않을 겁니다. 그쪽은 대룡에서 도전할 거예요."

설사 실패한다고 해도 그건 대룡의 실패일 뿐이다.

'다만 그리되면 결국 두한에 재기의 기회가 되어 줄 수도 있겠지만…….'

하지만 그렇다고 해서 노형진이 무리해서 두한의 조선소도 구입할 생각은 없었다.

"제가 투자하고자 하는 건 다른 겁니다."

"다른 거라고 하시면……?"

"제가 투자하고자 하는 건 바로 이곳입니다."

노형진은 단단한 아스팔트를 강하게 밟았다.

아스팔트를 멀뚱히 내려다보다가 주변을 돌아보는 로버트.

주변에는 별게 없었다. 그저 빌딩과 건물 그리고 도로뿐.

대부분의 공간은 비어 있었고 세놓는다는 말이 사방에 붙어 있었다.

현재 통영의, 특히 이 지역의 공실률은 무려 80%가 넘는다.

그럴 수밖에 없다.

조선소에서 일하던 사람들, 그리고 그 조선소에서 나오는 돈에 기대어 장사하던 모든 사람들이 사라졌기 때문이다.

"도시에 투자하려고 하시는 거군요."

"맞습니다. 사람들은 도시가 굴러가기 위해서는 기업이 있어야 한다고 생각하지요. 하지만 인프라 역시 무시할 수 없습니다."

직원이 5천 명이 있는 회사가 있다면, 과연 그 회사는 그 직원 5천 명만 먹여 살리는 걸까?

아니다. 상황에 따라 다르지만 일반적으로 한국에서 한 명의 정규직 근무자는 4인 가족을 지탱하는 것으로 계산한다.

그러면 그 숫자만 2만 명이다.

그리고 그 2만 명을 대상으로 옷을 팔고 식품을 팔고 서비스를 제공하는 무리가 생긴다.

또 그만큼의 사람들을 위해 학교가 생기고 학원이 생긴다.

더군다나 그 아래에는 하청이라는 것 역시 존재한다.

5천 명의 정규직이 있는 회사라면 최소한 4만 명 이상을 먹여 살리는 셈이다.

"그런데 그들이 모두 이곳을 떠나 버렸지요."

그래서 이곳은 완전히 무주공산이 되었다.

"당연히 어마어마한 부작용이 있을 겁니다."

이곳에는 새로 지은 집과 아파트가 넘쳐 난다. 당연히 빌라도 있다.

돈이 있으니 좀 더 좋은 집, 좀 더 나은 집을 선택해서 이동해 왔다.

지방에서 일하기 위해 단신 부임한 사람도 있었고 아직 결혼하지 않은 노동자도 있었다.

그런데 그들이 모두 사라졌다.

"이 도시에도 투자해서 그러한 곳을 확보할 겁니다."

과거의 가격에 비해 절반 이하까지 떨어진 주택이 있을 정도로 이곳의 가치는 떨어졌다.

이 시기에만 해도 조선업이 부활할 거라 생각하는 사람은 없었으니까.

"그리고 그 미래를 위해 숙련공을 고용할 겁니다."

"숙련공이라고 하신다면?"

"모든 사업에서 그렇지만, 특히 조선업에서는 숙련공의 필요성이 어마어마합니다."

사람들은 용접이라고 하면 단순히 금속을 녹여서 붙이는 거라고 생각한다.

하지만 그걸 어떻게 하느냐에 따라 배에 미치는 영향이 다르다.

당장 중국의 배가 반 토막이 난 가장 큰 이유가 뭘까?

설계 자체가 잘못되어 있어서?

그럴 리가 없다.

요즘 그런 배를 설계할 때 가장 먼저 하는 것이 바로 컴퓨터로 확인하는 거다.

중국에서 저지른 가장 큰 실수는 그 용접공을 전문가가 아니라 일당직을 쓰는 개념으로 써 버렸다는 거다.

용접을 제대로 하는 사람은 연봉이 억 단위는 우습게 넘어간다.

"배는 그런 용접의 끝판왕이나 마찬가지인 거죠."

거대한 철판을 일일이 다 용접으로 붙이고, 그렇게 이어붙인 부위는 수 톤에서 수백 톤을 감당해야 한다.

그러니 어설프게 하면 안 하느니만 못하게 되는 것이다.

"그런 용접 기술자뿐만 아니라 전문 기술자들이 있었습니다. 그러나 지금은 그들이 모두 사라졌지요."

실제로 갑자기 조선업에 다시 활황이 찾아왔을 때 가장 큰 문제 중 하나가 바로 그러한 전문가들의 부재였다.

일부는 돌아왔지만 일부는 끝내 돌아오지 않았기 때문이다.

"그들을 모을 겁니다. 그리고 그들이 모일 곳은 바로 이곳이 될 겁니다."

노형진은 주변을 돌아보며 말했다.

한성조선은 이미 매물로 나와 있던 회사였다.

그리고 그걸 사는 건 어렵지 않았다.

한성조선이 매물로 나온 건 얼마 안 되었지만 현재 상황에서 구매를 원하는 사람은 단 한 명도 없었다. 수주가 없었던 탓에 거의 파산 직전이나 마찬가지였기 때문이다.

"이걸 저희보고 1조를 달라고 하신 겁니까?"

로버트는 호락호락한 사람이 아니다.

투자 전문가라는 것은 단순히 주식시장만 잘 본다고 될 수 있는 게 아니다. 당연히 기업에 대한 확실한 판단을 할 수 있어야 한다.

그리고 그의 판단에 따르면, 한성조선은 사실상 끝장나도 이미 오래전에 끝장났어야 하는 기업이었다.

"6개월간 임금 체불에, 4개월간 대출이자도 내지 못하고 있는데 이걸 1조를 달라고요?"

"하지만 기업으로서 이곳의 가치는 그러한 돈만으로 판단할 수 없습니다. 한성조선은 전통과 역사를 가진……."

"그 전통과 역사를 가진 한성조선을 그러면 왜 팝니까? 저희는 조선소를 사려고 하는 거지 전통과 역사에는 관심도 없습니다."

기업이 100년이 되었든 200년이 되었든 그건 어디까지나 돈이 될 때에나 인정받는 거다.

돈이 안 되는 상황이라면 전통과 역사 따위는 그저 쓰레기통으로 처넣어야 할 뿐.

"더군다나 슬쩍 장난하시는데, 한성조선의 총자산 규모가 미심쩍더군요."

"장난이라니요. 저희가 가진 자산은 당연히 정식으로 감정받은 것입니다."

"그 감정을 받은 시기가 2년 전이네요. 그러면 지금과는 완전히 다른 상황이지 않습니까?"

"한국은 땅값이 오르면 올랐지 결코 떨어지지는 않습니다."

"그래요? 그러면 이 지역의 땅값에 대한 귀사 측의 대답은 어떤가요?"

"……."

"만일 한성조선이 없다면 이 값이 나오나요?"

"……."

"우리는 이 기업을 사서 살리는 것보다는 장비를 해외로 수출하는 게 목적입니다. 한성조선의 땅값 같은 건 쓰레기만도 못하죠."

2년 전이라고 하면 그래도 그나마 한성조선이 버틸 만한 시기였다.

중국의 물건에 대한 믿음이 없는 사람들이 계속 조금씩 발주해 주고 있었고, 그래서 월급이든 이자든 충분히 낼 수 있는 상황이었다.

"당연히 그 당시의 이 지역 땅값은 높을 수밖에 없었습니다."

한성조선 내부의 상황을 모든 사람들이 다 알 수 있는 것은 아니었다.

그러니 당연히 이 주변에서는 한성조선에서 나오는 돈을 벌 수 있는 구조였고, 그래서 땅값도 높을 수밖에 없었다.

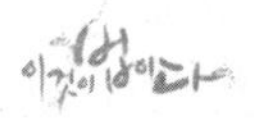

"돈이 도는 지역은 땅값이 높습니다. 그건 진리죠. 하지만 지금도 여기에 돈이 돌고 있나요? 이 지역에서의 유일한 수익 모델은 한성 아니었습니까?"

다른 기업이 없는 것은 아니지만 대부분은 한성조선의 하청 기업들이었다.

다른 기업들의 경우는 그 규모가 아주 작은 곳들인지라 한성처럼 많은 사람들을 쓸 수가 없었다.

"이제 한성은 역사 속으로 사라집니다. 당연히 그런 기업들 역시 사라질 테고요. 그 말은, 이 지역의 땅의 가치 또한 떨어질 수밖에 없다는 겁니다. 그런데 한성이 가진 토지와 건물 그리고 장비에 대한 모든 권리에 이 정도로 터무니없는 조건을 붙이다니, 장난하십니까?"

장비야 국제적 시세라는 게 있으니 이해라도 한다.

하지만 토지라는 것은 지역별로 가치가 달라질 수밖에 없다.

"아무리 한성이 가진 토지와 건물이 좋다고 해도, 과거의 가치와 지금의 가치가 똑같을 수는 없지요."

그런데 한성은 자신들의 가치에 그 땅값까지 가장 비싼 시점을 기준으로 제시한 것이다.

"거기다 빚까지 그대로 승계해야 한다면, 어떤 미친놈이 한성을 삽니까?"

로버트의 말은 너무나 냉혹했지만 또 그만큼 맞는 말이었다.

"하지만 통영은 미래가 있는 도시입니다."

“미다스가 지금 통영을 사는 겁니까, 아니면 한성을 사는 겁니까? 통영이 미래가 있든 없든 그게 무슨 상관입니까? 그리고 전후 관계가 바뀐 거 아닙니까?”

통영의 미래 같은 감성적인 부분은 거래할 때 하등 관계가 없는 전혀 다른 문제다.

그리고 로버트의 말마따나 전후 관계가 완전히 바뀌었다.

“통영의 미래와 가치를 회사에 투영할 게 아니라, 회사가 멀쩡해야 통영의 미래와 가치가 존재하는 겁니다.”

“그건…….”

“이미 재무 기록을 확인해 봤습니다. 우리가 바보로 보입니까?”

한성조선이 망한 이유는 노형진의 예상대로였다.

중국의 저가 전략도 있었지만, 내부에서 빼먹는 수준이 실로 어마어마했다.

“좀 독하게 말해서 선박 가격의 10분의 1은 빼돌리는 수준이더군요.”

“아니, 그건 수사 중이고…….”

땀을 삘삘 흘리는 한성조선 측 대리인.

그럴 수밖에 없다.

한성조선은 그래도 대기업이다. 조선업만 한다고 해도, 규모가 작은 곳은 절대 이런 초대형 조선소를 운영할 수가 없다.

애초에 한국의 조선업은 세계적 레벨이었고, 당연히 한성조선 역시 전 세계의 수위권에 드는 조선소였다.

그런 조선소에 정치인들이 돈을 달라고 하지 않았을 리가 없고, 그들에게 돈을 주기 위해 수작을 부리지 않을 수가 없었다.

그게 이제 약점이 되어서 돌아온 것이다.

"그래서 환수는요?"

"그건 아직……."

"엄밀하게 말하면 그건 제가 갚을 수가 없는 조건입니다."

이 빚이라는 게 애매하다.

만일 정상적인 사업을 통해 발생한 손실이라면 회사를 넘겨받는 측에서 자연스럽게 그만큼 가격을 낮추는 방식으로 갚을 수 있다.

하지만 상대방이 불법적으로 한 거라면 넘겨받는 사람이 굳이 갚을 이유가 없다.

"그런데 현실적으로 이 빚이라는 게 어디서 어떻게 발생한 건지 명확한 증거가 없단 말입니다."

공식적으로는 사업용으로 차입된 걸로 되어 있지만 그 이상으로 많은 돈이 사라졌다.

당연히 로버트는 그걸 지적할 수밖에 없었고, 그걸 환수할 처지가 못 되는 기존의 운영진은 진땀을 흘릴 수밖에 없었다.

환수라는 건 드러나지 않을 경우 자기들이 갚아야 한다는 거고, 드러날 경우 정치권과 싸워야 한다는 의미다.

어느 쪽이든 그건 심각한 문제가 될 수밖에 없다.

"사업을 하다 보면 피치 못한 금액이 필요한 경우도 있고요……."

"그건 저도 알고 있습니다. 하지만 이건 금액이 너무 과하네요."

일반적으로 기업을 거래할 때 모른 척하고 넘어가는 부분이 있다. 그걸 건드려서 정치권에 엿을 먹여 봐야 기업 입장에서는 좋을 게 하나도 없기 때문이다.

하지만 로버트는 상관없다는 식이었다.

'젠장, 우리가 어쩌다가…….'

그럴 수밖에 없는 게, 로버트가 이들에게 접근해서 기업을 인수하는 것은 이 기업을 정상화하기 위해서가 아니라 이곳의 물건을 매각해서 수익을 남기기 위해서였다.

중국은 어마어마한 양의 선박을 제조하고 있고, 당연히 그 장비가 필요하다. 그 거대한 선박들이 용접기 몇 대로 만들어질 리가 없으니까.

그리고 한성조선은 한때 세계를 호령했던 기업들 중 하나이기에 그런 장비들이 충분히 있다.

새로운 조선용 장비를 사는 것보다는 중고를 사는 것이 더 싸고 빠르기에 로버트가 일부러 접근한 것이다.

기업을 인수하고 모든 장비를 매각해서 수익을 남기겠다는 것이다.

당연히 기업을 유지할 이유가 없기에 정치권의 반발은 무시하면 그만이었다.

“물론 그 부분도 감안해서 감액해 주신다면야 저희도 딱히 문제 삼지 않겠습니다만.”

“…….”

결국 돈을 깎겠다는 소리에 기존 임원들은 속이 쓰려 왔다.

‘그렇다고 이걸 파투를 낼 수도 없고.’

이미 한국 조선업은 회생 불가능 판정을 받았다.

한때 세계 1위 수주량을 자랑했으면 뭐 하나? 단 한 척도 수주하지 못한 현실 앞에 답은 결국 나와 있는 거다.

“일단 토지와 건물에 대한 가격도 현시점을 기준으로 재측정해서 다시 매겨야 합니다. 또한 장비에 대한 관리나…….”

이야기가 계속될수록 한성 측의 얼굴은 사정없이 어두워져만 갔다.

속고 속이는 세상사

“미스터 노, 왜 해체 후 판매라고 말씀하신 겁니까?”

협상이 어느 정도 진전된 후에 로버트는 궁금하다는 듯 물었다.

노형진은 한국의 조선업이 다시 살아날 거라고 생각하고 있다. 그러면 구매 후 재가동 준비를 해야 하는데, 그게 아니었다.

“이미 해체 팀을 준비하는 와중이고 말씀하신 대로 중국의 몇몇 기업들과 접촉 중입니다. 그쪽에서는 관심을 가지고 있는 듯합니다만, 그들과 거래할 것도 아닌데 왜 굳이 접촉해야 하는지도 모르겠습니다.”

"일단은 가격을 깎기 위해서입니다."

"그건 제가 충분히 할 수 있습니다. 내부를 파고들수록 개판이더군요."

당연히 그런 점들을 하나둘 반영하니 가격은 사정없이 떨어졌다.

"물론 그 내부를 파고들면 그렇지요. 하지만 땅값이나 건물값은 상황이 다릅니다."

"무슨 말씀이신지?"

"만일 제가 재가동을 목적으로 회사를 구입한다고 하면 그 땅과 건물에 대한 값어치는 어떻게 측정될까요?"

"음?"

그 말을 들은 로버트는 이게 무슨 소리인가 하고 살짝 어리둥절한 표정을 지었다가 다음 순간 탄성을 내질렀다.

"그렇군요. 사용할 수 있는 공간인 만큼 가격이 올라가겠네요."

"맞습니다. 그쪽에서는 역사와 전통이 어쩌고 하면서 가격을 올린 모양이지만, 기업의 가치는 역사와 전통이 아니라 미래의 가치에서만 나옵니다."

역사와 전통은 홍보용일 뿐이다.

세계적인 명품이 비쌀 수 있는 것은 그 명품 브랜드들이 그 가치를 유지하려고 하기 때문이다.

당장 그런 명품 브랜드들이 '오늘부터 대량으로 염가 세일

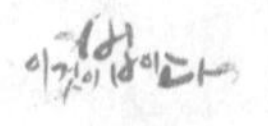

에 들어갑니다.'라면서 시장에서 파는 가방처럼 개당 5만 원씩으로 가격을 낮춰 버리면 그들이 가진 역사와 전통과는 무관하게 그들의 가치는 폭락할 수밖에 없다.

"우리나라 사람들은 그걸 잘 이해 못 해요."

역사와 전통이 중요한 건 그걸 잘 이어 갈 때뿐이다.

그런데 한성은 이제 그럴 방법이 없다.

"그리고 미래의 가치로 판단되는 것은 부동산 역시 마찬가지지요."

재개발이 시행되면 땅값이 오르는 건 미래의 가치가 반영되기 때문이다.

"우리가 그곳을 운영한다고 했다면 분명 가치를 판단하는 쪽에서는 미래의 운영 가치를 감안해서 가격을 매길 겁니다."

당연히 그만큼 가격이 올라갈 것이다.

"제가 그 돈을 줄 이유는 없지요."

하지만 노형진은 그곳을 해체해서 판매할 계획이라고 이야기했다.

당연히 그곳에 있는 부동산은 쓸 일이 없으니 가치도 떨어진다.

"미묘한 말이군요. 지금의 거래가 미래의 가치를 결정한다라……."

"보통 많이들 잊어버리고 있는 거죠."

"하긴, 확실히 그래서 가격이 떨어지기는 했습니다."

원래는 1조가 조건이었고 로버트는 8천억을 예상했다.

하지만 로버트의 협상과 그 가격 측정에서 미래 가치의 판단이 달라지면서 현재 적정 가격은 대략 6천억 정도까지 떨어진 상황.

"2천억이나 아낀 거니 훨씬 이득이기는 하네요."

"2천억요? 아니요. 제가 아끼려고 하는 돈은 고작 그 정도가 아닙니다."

"그러면요?"

"그곳이 사라지는 게 확정이라면 주변 상가와 건물은 어떻게 되겠습니까?"

"아!"

어떻게 보면 가장 큰 폭으로 시세가 떨어질 곳은 바로 주변의 상가와 주거 건물이다.

그렇잖아도 텅텅 비어 있는 공간들인데, 향후 그곳을 채워줄 가능성이 그나마 실낱같이 있던 기업이 아예 망해서 장비까지 빠져 버린다면 대폭락은 당연한 일이다.

"절반까지는 아니지만 그나마 남아 있던 기대 심리가 다 떨어질 겁니다."

당연히 그곳을 정리하려고 하는 사람들이 늘어날 것이다.

"그런데 만일 우리가 이곳을 구입해서 정상화한다는 말이 나돌면 어떻게 될까요?"

"음…… 그렇군요. 당연히 사람들은 가격을 올리겠네요."

그들은 기업이 정상화되기도 전에 어떻게 해서든 돈을 벌 생각부터 할 것이다.

당연히 이 지역의 상권과 주거지역의 임대료는 폭등할 것이고, 그 때문에 도리어 일할 사람들이 들어오지 못할 가능성이 커진다.

"실제로 많은 도시들이 그렇게 몰락했지요."

미래의 가치를 가지고 부동산을 판단한다.

그런데 그 미래의 가치가 불확실한데도 불구하고 부동산은 상승하는 경우가 있다.

계획대로 초대형 쇼핑몰이 생겼고, 평당 1억이라는 어마어마한 가격이 붙었다.

그런데 결과는? 완전히 죽은 곳이 되었다.

위치 자체는 나쁘지 않다.

주변의 신도시에서 사람들이 차를 타고 올 수 있는 위치였다.

걸리는 시간은 15분 정도.

초대형 쇼핑몰인 만큼 당연히 주차장도 넉넉했다.

"그런데 그 높은 가격이 문제였습니다."

평당 1억.

아무리 기업에서 만든 곳이라지만 너무 높은 가격이었다.

당연히 거기에 들어온 사람들은 그만큼의 이익을 내기 위해 물건값을 올릴 수밖에 없었다.

그러니 입점이 제대로 되지도 않은 상황에서 그나마 오픈

한 곳들은 가격이 엄청나게 비쌀 수밖에 없었다.

자기들 딴에는 선점 효과라고 생각했을 것이다.

하지만 그 신도시 입주민들이 보기에는 제대로 갖춰지지도 않은 상권에 가격만 쓸데없이 높은 셈이었다.

더군다나 신도시 자체도 완전히 입주가 끝나지 않은 상황.

즉, 텅 빈 집들이 많은 상황에서 굳이 그렇게 비싼 곳으로 가는 사람들은 없다.

기본적으로 집은 고가의 상품이고 구매 직후에는 필연적으로 자금의 경색이 올 수밖에 없으니까.

더군다나 그들은 차로 15분이면 온다고 홍보했지만 반대쪽으로 차로 30분만 가면 전형적인 상가들이 모여 있었다.

거기는 오래되었지만 그래도 나름 안정적으로 굴러가서 가격의 거품이 심하지 않았다.

고작 15분 차이였지만 고객의 입장에서는 볼 것도 놀 것도 없는 군데군데 텅텅 빈 상가보다는 15분만 더 가면 놀 것도 볼 것도 있는 상권에 가는 것이 훨씬 이득이었고, 당연히 해당 거대 쇼핑몰은 망해서 끝도 없이 추락했다.

그러나 그렇다고 물건을 싸게 팔 수도 없는 것이, 기존에 비싸게 구입한 사람들이 불만을 품을 건 당연한데 그렇다고 이미 써 버린 차액을 돌려줄 수도 없는 상황이었기 때문이다.

"하지만 이제는 상황이 달라졌지요."

건물 가격이 떨어지기 시작할 수밖에 없다.

한성조선이 빠진다고 확정됐고, 실제로 진행 중이니까.
"이제 슬슬 은행에서부터 움직이기 시작할 겁니다."
이런 곳에 집이나 건물을 올릴 때 순수하게 자기 자금만으로 해결하는 사람이 얼마나 되겠는가?
당연히 은행을 통해 돈을 빌려서 올린다.
"그리고 그렇게 올린 집을 담보로 잡는 거죠. 혹은 땅이라든가."
당연히 이번 사태로 인해 그 담보의 가치가 어마어마하게 떨어지는 일이 벌어질 것이다.
"물론 이제 와서 추가 담보를 요청하지는 않겠지만요."
대신에 대출 연장 같은 것도 이루어지지 않을 가능성이 크다.
"아마도 조만간 대폭락이 시작될 겁니다."
그리고 그때가 싹쓸이를 할 시기였다.

노형진의 예상대로 한성조선소가 폐업한다는 소문이 새어나오자 주변에서는 난리가 났다.
"매각을 포기하라! 포기하라!"
"한성의 매각은 받아들일 수 없다!"
"한성조선 매각 무효!"
노형진은 그렇게 몰려든 사람들을 보면서 입맛을 다셨다.

그들의 절박함과 별도로, 내부에서는 중국에서 온 사람들이 장비의 질과 상태를 확인하면서 가격을 측정하고 있었다.

"좀 씁쓸하군요. 저런다고 해서 매각이 취소될 리가 없는데요."

로버트는 시위하는 사람들이 내려다보이는 창가에 서 있는 노형진에게 다가와서 조심스럽게 이야기를 꺼냈다.

"안타까워 보이나 보군요."

"글쎄요. 사실 그런 감정은 그다지 강하지 않습니다. 저 같은 사람이 돈을 번다는 건은 어떤 면에서는 늘 누군가의 피해를 담보하는 결과인 셈이니까요."

그는 투자자이다. 당연히 그 투자에 대한 반작용이 있음을 알고 있다.

성공하면 그 돈이 새로 생겨서 들어오는 게 아니라 누군가는 그만큼을 손해 보는 것이 현실.

가령 스마트폰이 성공하면 그로 인해 과거의 핸드폰 회사들은 몰락할 수밖에 없다.

당장 일본의 핸드폰 회사인 소니스는 과거에는 전 세계를 호령했지만 이제는 일본 내수용 기업이 되어 버리고 말았다.

"더군다나 투자라는 건 위험을 감수하고 하는 일이니까요."

저들은 투자했고, 그게 실패했을 뿐이다.

그걸 이쪽에다가 물어내라고 하는 거라면 그만큼 멍청한

짓도 없다.

"좀 차가운 말이기는 하네요."

"미스터 노는 저들이 불쌍하신가 봅니다."

"상황에 따라서는요."

"어떤 상황을 말씀하시는 건가요?"

"그나마 자기 재산으로 건물을 지은 사람들은 괜찮지만 그렇지 않은 경우는 아무래도 위험하지요."

특히 대출을 끼고 건물을 지은 사람들은 결과적으로 그 대출 때문에 코너로 몰릴 수도 있다.

"그래서 계약 조건을 그렇게 다신 겁니까?"

노형진은 집을 사기 위해 준비를 철저하게 했다.

별도의 임대 사업체를 설립해서 그곳에서 구입하는 것으로 한 것이다.

그리고 그들에게는 가능하면 대출을 이쪽에서 넘겨받는 조건으로 집과 가게를 사라는 이야기를 미리 해 놨다.

"네? 하하하, 아닙니다. 그럴 리가요. 저들이 불쌍한 것과 비즈니스는 전혀 다르지요."

노형진은 어깨를 으쓱하며 말했다.

"대출을 이쪽에서 넘겨받으면 제가 한꺼번에 나가는 돈이 줄어듭니다. 당연히 더 많은 건물과 더 많은 가게를 살 수 있게 되겠지요."

현금을 모두 주는 것보다는 대출을 끼고 사는 게 현실적으로는 좋다.

"더군다나 은행에서 제가 구입하는데 굳이 모두 변제하라고 하지는 않을 테니까요."

다른 사람도 아닌 미다스가 집을 구입하는데 그게 승계가 안 된다고 하는 사람은 없을 것이다.

"그리고 현 상황에서 팔고 탈출한다는 것 자체가 기본적으로 어느 정도 돈이 있는 사람이라는 뜻입니다."

"그게 무슨 말씀이신지요?"

"음…… 뭐랄까, 너무 돈이 없으면 팔고 떠날 수조차 없다는 거죠."

순수하게 임대료를 받아 생활하겠다고 하는 사람이라면 그만큼 여유 자산이 있을 가능성이 크다.

그러나 자신이 살기 위해 집을 올리고 일부를 임대하는 형태라면?

"아, 그렇군요."

집을 팔면 당연히 갈 곳도 사라진다.

어차피 대출은 갚아야 하는 돈이다. 집을 팔지 않는다 해서 즉각 상환해야 하는 것은 아니다.

그러니 그들 입장에서는 굳이 집을 팔아 길거리에 나앉기보다는 일단 자기들이 살 집은 쥐고 있어야 한다.

"그러면 저기서 시위하는 사람들은……?"

"건물주들이기는 합니다만 아마도 대부분은 여유가 있는

사람들일 겁니다. 지금 시간을 보세요. 일반적인 직장 생활을 하는 사람이 과연 이 시간에 나와서 시위를 할 수 있을까요?"

오후 2시. 일반적인 직장인이라면 아직 회사에 있을 상황.

그런데 저들은 저 앞에서 시위하면서 난리 법석을 떨고 있다.

"가령, 저기 보이는 저 아줌마는 나도 알고 있는 사람입니다."

"평범한 아줌마 같은데요."

"겉으로만 평범하지, 이 근처에 빌라만 마흔다섯 채나 가진 사람입니다."

로버트의 표정이 묘하게 변했다.

그게 어떻게 가능하냐는 질문이 담긴 듯한 표정이다.

"한 채를 사고 그걸 담보로 대출을 받아서 또 한 채를 사고 그걸 담보로 또 한 채를 사서 또 대출받고……."

"아하! 문어발 전략 말이군요."

"아시는군요?"

"한국에 대해 조금 알아봤습니다. 한국에서는 나름 전통적인 전략이더군요."

"맞습니다. 사실 이 근처에는 그런 주거지가 많습니다."

자신들이 운용하면서 수익을 내는 것이 아니라 단순히 임대업으로 수익을 내는 거다.

이곳은 월세가 어마어마하다.

당장 한성이 멀쩡하게 굴러가고 있을 때 32평 빌라 기준으로 한 달 월세가 무려 100만 원.

아파트도 아닌 빌라가 그랬다.

이곳에서는 능력이 된다면 억 단위 연봉을 받는다. 그러니 그 돈을 노리고 그렇게들 투자한 것이다.

“물론 합당하게 집을 지어서 합당하게 세를 받는다면 문제가 안 됩니다. 하지만 저들은 편법을 이용해서 고의적으로 여기의 땅값이 올라가게 했죠.”

당연히 이자와 원금을 갚아야 하고, 그들이 비싼 값을 받으니 사람 마음이라는 게 당연히 나도 그만큼 받아야 한다고 생각해서 주변에서도 가격을 올려서 받기 시작한다.

“인간은 어딜 가나 마찬가지군요. 그래도 미국보다는 싸기는 하네요.”

“그건 그렇습니다만. 하긴, 미국에 비할 바는 아니기는 하지요.”

미국 역시 어마어마하게 비싼 집값을 자랑한다.

물론 찾아보면 싼 곳이 있기는 하다. 하지만 그런 곳은 당연히 위험한 곳인 경우가 많다.

그런데 어쩔 수가 없다.

한국은 기본적으로 대부분의 지역의 치안이 안정적이다.

그래서 직장에서 멀어진다 해도 불편은 할지언정 위험해지는 것은 아니다.

하지만 미국 같은 경우는 당연히 그런 싼 곳은 우범 지역

이다 보니 목숨이 걸려 있는지라 상대적으로 안전한 곳의 가격이 어마어마하게 뛸 수밖에 없다.

"일단 중요한 건 저들은 결코 손해를 보고 싶어 하지 않는다는 거죠. 그리고 조만간 우리는 이 주변의 주택을 구입하기 시작할 겁니다. 그러면 저들은 어떤 대응을 할 것 같습니까?"

"상당히 뻔한 대응이겠네요."

당연히 한창 비쌀 때를 기준으로 가격을 매기고 그 돈을 달라고 할 것이다.

물론 노형진은 그럴 생각이 없다.

그랬다면 이런 식으로 복잡하게 거래하지도 않았을 것이다.

"그러니 저들은 애초부터 완전히 배제하고 거래할 계획입니다."

"결국 나중에는 싸게 팔고 나갈 수밖에 없겠군요."

노형진이 집을 사는 건 단순히 시세 차익을 노리기 위해서가 아니다.

집이라는 공간은 사람의 인생에 있어서 아주 중요하다.

의식주라는 말은 옷과 먹을 것과 주거를 뜻한다.

인간이 살기 위해 꼭 필요한 3대 요소다.

"그게 안정되면 사람들은 모여들게 되어 있지요."

그런데 한국은 좁은 땅 때문인지 필요 이상으로 돈이 땅에 쏠리는 경향이 있다.

그 때문에 노형진이 집을 사는 것이다.

주거가 안정되어야 전문 기술자들이 모여들기 때문에.

"실리콘밸리가 생각나는군요."

"실리콘밸리?"

"거기는 집값이 너무 올라서 사실상 사람이 살 만한 동네가 못 됩니다."

로버트는 노형진이 막고자 하는 게 뭔지 바로 알아차리고는 고개를 끄덕거리면서 말했다.

"한화로 연봉 1억을 받는 프로그래머가 집을 못 구해서 컨테이너 차량을 가져다 두고 주차장에서 사는 지경이지요."

"전 세계적으로 그런 성향이 강하지요?"

"그렇습니다, 중국 자본이 전 세계로 퍼지면서 유독 땅에 집착해서 그런지……."

노형진은 고개를 끄덕거렸다.

아시아 문화권의 땅에 대한 욕심은 특별하다.

그래서 한국인도 중국인도, 일단 해외에서 안정을 찾으면 땅이나 집부터 사려고 한다.

'하지만 그게 너무 과해서 문제지.'

돈 되는 땅에 돈을 더 주고 들어가고, 그래서 세는 비싸지고, 종국에는 거주민들이 살 수도 없는 괴상한 형태의 도시가 되어 집들은 텅텅 비어 있는데 사람들은 잘 곳이 없어서 허덕거린다.

오죽하면 옆 나라에서 살며 비행기를 타고 출퇴근하는 비

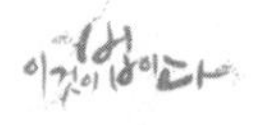

용이 월세보다 싸다는 사람도 있다.

"여기는 산업도시니까 그러한 부분을 막아야 합니다. 궁극적으로는 생활비가 안정되면 월급 상승 요인도 압박이 되기 마련이니까요."

비싼 생산비 때문에 조선업이 무너진 것도 사실이기에 노형진은 그걸 막을 생각이었다.

"알겠습니다. 주택의 구입은 조용히 처리하도록 하겠습니다. 적당한 기업을 몇 개 세워서 조용히 구매하는 걸로 해야겠네요."

"그리고 슬슬 두한 쪽도 구입 준비를 하시고요."

"두한을요? 이해가 안 갑니다만. 두한은 대룡에서 구입하는 거 아니었나요?"

"일단은 그렇습니다만, 우리 쪽도 대룡에 도움을 받았으니 도움을 좀 줘야지요."

"무슨 말씀이신지?"

"우리는 장비를 뜯어서 중국에 팔기 위해 한성을 구입했습니다. 그리고 그다음에 우리가 두한을 노리게 된다면, 그게 무슨 의미가 될까요?"

"경쟁으로 가격이 올라가지 않습니까?"

"절대로 아닙니다. 우리는 무조건 두한의 가격 이하로 칠 거니까요."

"그러면……."

노형진의 말에 곰곰이 생각하던 로버트가 피식 웃었다.

"자꾸 미다스의 존재를 잊어버리는군요."

공식적으로 미다스가 장비를 뜯어서 파는 사업을 위해 한성을 구입했다.

그 말은, 세계적인 레벨의 투자자인 미다스가 한국의 조선은 끝장났다는 걸 외부에다가 공표한 것이나 마찬가지다.

"한성이 매물로 나온 지 얼마 되지 않았습니다. 그런데 결국 장비를 파는 꼴이 되었지요. 두한은 그걸 두 눈 뜨고 똑똑히 지켜봤습니다."

만일 여기서 대룡과의 거래가 틀어지면 어떻게 될까?

당연히 몇 년간 구입하려고 하는 사람 없이 허송세월만 할 것이다.

그사이에 관리비와 모든 비용은 계속 들어갈 테고.

그렇다고 해서 모든 사람을 다 자를 수도 없는 노릇이다.

영영 수주가 안 된다고 하면 몰라도, 한 대라도 수주하는 순간 배를 만들어야 하니까.

물론 그때까지 사람을 데리고 운영해야 하는 점도 있다.

이런 대형 기업들은 결과적으로 그러한 가능성 때문에 기본관리 자금이 고정적으로 어마어마하게 들어갈 수밖에 없다.

"우리가 그쪽에도 관심을 보인다는 건, 여차하면 우리가 가지고 와서 뜯어다 판다는 의미가 되어 버립니다. 그러니 그걸 두한도 한국 정부도 그냥 두고 보지는 못할 겁니다."

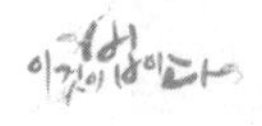

아무리 일거리가 없어서 사실상 노는 상황이었다고 해도 한성의 폐업은 충격적인 일이다.

아마 한국 정치계는 아주 난리 법석일 게 뻔하다.

"이 상황에서 두한조선 역시 그렇게 팔린다고 하면 쇼크가 어마어마할 겁니다."

"한국 정부에서 어쩔 수 없이 압력을 가한다 이거군요."

두한에서 살릴 수 없다면 차라리 대룡으로 넘기라는 것이다. 최소한 대룡은 뜨는 해고 두한은 지는 해라는 게 명확하니까.

"맞습니다."

그 모든 게 로버트가 그쪽에 인수 협상을 시도할 때 벌어질 수 있는 일이다.

"두한도 그렇고 한성도, 그렇게 거래가 끝난 후에 진짜로 조선업이 다시 살아난다면 아주 돌아 버리겠군요."

"아마도 미치고 팔짝 뛸 겁니다, 후후후."

⚖

"이대로 망할 수는 없어요!"

"한성이 망해서 나가면 우리는 진짜 한강에 가야 합니다!"

한성매각대책위원회에서는 사람들이 노형진과 마이스터를 욕하고 있었다.

마이스터가 장비를 가져다가 중국에 팔 거라는 소리가 나왔으니 당연히 그 문제에 대해 불만을 가질 수밖에 없다.

"하지만 이제 와서 우리가 뭘 할 수 있습니까?"

모두가 분기탱천한 상황, 누군가 담담하게 말했다.

"당신 누구야?"

"저기 호서빌라 주인 되는 사람입니다."

"호서빌라? 그런 데도 있었어?"

남자는 눈을 찡그렸다.

자신에게 무슨 대책위원회라고 초대장을 보낸 게 이들이다. 그런데 이들은 기억도 못 한다.

"아, 있어. 저기에 여섯 채짜리 쨰깐한 빌라."

"아, 기억나네. 그 오래된 빌라 말이지? 그런데 당신이 여기에는 왜 기어 나왔어?"

"당신들이 초대장을 보냈잖습니까. 그리고 현실적으로 우리가 한성조선의 매각에 영향력을 행사할 수 없다는 걸 말한 것뿐이고요. 지금 이 안에 한성조선 관계자가 단 한 명이라도 있습니까?"

한성매각대책위원회라고 하는 거창한 이름을 붙였지만 이 안에 한성과 관련된 사람은 단 한 명도 없다.

심지어 직원이었던 사람조차도 없다.

"한성이 주변에 미치는 영향이 얼마나 큰지 알아요? 그런데 그걸 무시하고 매각해 버리고 나 몰라라 하면 어쩌자는

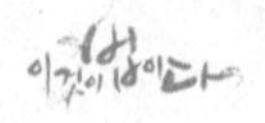

거예요!"

"그걸 왜 저한테 말씀하십니까? 저도 지금 답답해 죽겠습니다. 하지만 현실을 보자는 거죠. 그들과 협상해서 새로운 대책을 세우는 것도 아니고 그냥 그 피해를 배상하라고 하면 그 누가 해 준단 말입니까?"

그는 한심스럽다는 듯 말했다.

"제가 여기서 살아온 세월만 50년입니다. 열 살 때 이사와서 이 나이까지 살았습니다. 즉, 한성의 시작부터 끝까지를 다 본 사람이다 이겁니다. 그런데 요즘 너무하다 싶더니 결국 이 꼴 난 겁니다."

한성조선이 잘될 때 이 지역에 들어온 사람들, 그들을 탓할 수는 없다.

하지만 그들은 너무 과도한 욕심을 부렸다.

"원래 한 그릇에 4천 원 하던 자장면이 6천 원이 되더니 이제는 만 원입니다. 32평 빌라 기준으로 한 달 월세가 120만 원이에요. 누가 여기서 삽니까?"

그는 진지하게 말했다.

사실 이 상황에서는 누구도 여기에 들어올 수가 없다.

"한성은 떠났습니다. 이제 끝났어요. 마이스터 쪽에서도 장비를 폐기하고 나서 땅과 건물은 별도로 판매한다고 하니까 이제는 다른 방법을 찾아야 합니다."

"다른 방법?"

"일단 세를 낮춥시다. 사람이 살 수 있게는 해야 할 거 아닙니까? 최소한 절반으로 낮추고, 그 후에 이곳에 다른 공장이 들어올 수 있게 합시다. 여기 입지가 나쁜 건 아닙니다."

바로 앞에 바다가 있고 수심이 제법 깊어서 대형 화물선도 들어올 수 있다.

거기다가 조선업은 생각보다 많은 공간을 차지하는 업종이기에 그 땅도 여전히 비어 있다.

"그곳에 다른 업종을 배치할 수 있도록 상생을……."

"미친 거 아냐!"

"절반? 절반? 야, 이 새끼야! 내가 꼬라박은 돈은 네가 물어 줄 거야?"

"누구 마음대로 깎아 준대!"

"나가! 나가!"

남자의 말에 극도로 흥분하는 사람들.

그리고 그걸 보면서 남자는 마음을 굳혔다.

자신에게 접근한 사람들에게 땅을 팔고 떠나기로 말이다.

"한국은 이해가 안 갑니다."

서류를 정리하던 로버트는 노형진에게 말하면서 고개를 흔들었다.

"어떤 면에서요?"

"도시 전체가 비상사태인데 그걸 해결하기 위한 어떠한 노력도 없습니다. 도시가 거의 텅 비다시피 했습니다. 그런데 이 지역의 건물주들은 문제 해결 의사가 전혀 없는 것 같습니다."

상권이라는 것은 계속 변한다.

한 지역에서 상권이 몰락하기도 하지만 반대로 흥하기도 한다.

그리고 미국은 그런 상권 몰락 징후가 터지면 지역 내에서 어떻게 해서든 해결하려고 하는 편이다.

"아마도 그건 안전의 문제도 있을 겁니다. 재산관리 시스템의 문제도 있을 테고요."

노형진은 자신의 미국 경험을 다시 곱씹으며 말했다.

"미국의 상권의 몰락은 위험지역으로의 변경을 의미하지요. 그렇게 될 경우 극단적으로 말하면, 끝장나니까요."

갱단이 돌아다니면서 총질해 대는 곳에 쇼핑하러 오는 간 큰 사람들은 없다.

미국의 쇼핑 시스템이 한국처럼 골목이나 도시처럼 되어 있는 게 아니라 대단위 쇼핑몰처럼 되어 있는 이유 중 하나가 바로 그거니까.

최소한 대단위 쇼핑몰은 갱단의 활동은 막을 수가 있다.

개인 시설이고 또 입구가 한정되어 있기 때문이다.

어떤 갱단이든 대단위 쇼핑몰에서 문제를 일으키면 지역 내 경찰이 가만두지 않는 데다가, 경찰이 해결하지 못하면 민간 군사 기업을 고용해서 쓸어버릴 수도 있다.

"한국의 경우는 일단 그게 불가능한 것도 있고, 결정적으로 누구도 손해 보고 싶지 않다는 개념이 강하기 때문이지요."

"누구도 손해 보고 싶지 않다고요?"

"한국에서 상업 시설에 대한 투자는 주요 수입원 중 하나입니다. 하지만 그 지역의 상권을 어떻게 해서든 유지시키기 위한 협의체 같은 건 없다는 거죠. 젠트리피케이션 같은 걸 막을 방법이 없다는 겁니다."

"아아."

젠트리피케이션Gentrification은 몰락한 도심에 새로운 주민이 유입되어 기존 주민이 밀려나는 것을 의미한다.

그러나 사회적으로 보면 한 지역의 가격이 비정상적으로 올라가는 걸 의미한다.

"각 건물의 주인은 다 다릅니다. 당연히 누군가가 그 건물에 더 많은 돈을 주고 들어온다고 하면 거부하지는 않지요."

"그거야 당연한 거 아닙니까? 논리적으로 누가 더 많은 돈을 거절하겠습니까? 불법적인 게 아니라면 말입니다."

로버트의 말에 노형진은 고개를 끄덕거렸다.

확실히 그건 그렇다. 하지만 여기에서부터 차이가 난다.

"미국과 한국의 차이가 여기에서 난다고 볼 수 있겠네요.

미국에서 보통 대형 건물은 관리 주체가 따로 있는 경우가 많지요? 설사 아니라고 해도, 재산관리인이 있는 경우도 많고요."

"그렇습니다만."

"한국은 따로 재산관리인을 두는 경우가 드뭅니다. 그래서 한국의 건물주들은 직접 건물을 관리하게 되는데, 그 과정에서 전문성보다는 개인의 감성에 더 매달리게 되지요. 한국에서 땅과 건물에 투자하는 사람은 과도하게 미래의 수익에 매달립니다. 단순하게 표현하자면, 월세를 깎으면 건물의 가치가 떨어진다고 생각하는 겁니다."

지금 10억의 가치가 있다고 생각하는 건물을 쥐고 있다.

그런데 그 지역의 상권이 작살났다.

그렇다면 현명한 방법은, 하향된 가치에 맞춰서 월세를 낮춰 그 지역을 살린다거나 하는 식의 방법을 찾아야 한다.

"하지만 한국의 많은 건물주는 수익의 모델이 월세보다는 미래에 이 토지에 대한 매각의 가치를 더 우선시합니다."

월세가 30% 줄어든다는 것은 미래 수익 역시 30%가 줄어든다는 걸 의미하고 당연히 건물의 가치 역시 하락한다는 걸 의미한다.

"그러니까 눈 가리고 아웅 하기 시작하는 겁니다."

월세를 깎아서 지역을 살리려 노력하기보다 무조건 내 건물이 우선이다.

나부터 살아야 하고, 나는 결코 단 한 푼도 손해 볼 수 없다는 개념이 우선시되어 버리는 것이다.

그러니 30%의 월세 하락보다는 대부분 공실을 선택해 버린다.

그래야 미래 건물의 가치가 하락하지 않고 온전한 값에 건물을 팔아 버릴 수 있다고 생각하는 거다.

"더군다나 책임의 문제도 있지요."

관리 회사를 따로 두는 미국은 그렇게 공실률이 높아지는 경우 책임을 물어 계약을 해지해 버리는 경우가 많다.

그 책임을 면하기 위해 관리 회사는 냉철하게 분석하고 현 상황에 대한 해결책을 제시한다.

그걸 거절하면 그 책임은 오로지 건물주가 질 뿐.

"하지만 여기는 그런 게 없으니까요."

"관리 주체가 통일되지 않으니 지역 관리도 안 된다 이거군요."

"맞습니다."

한 지역에 대한 부활 컨설턴트 같은 게 없으니 그 지역이 제대로 관리되지 않고, 그 결과 너도나도 높은 월세를 유지한다.

"하지만 그런다고 해서 손실이 사라지는 건 아닐 텐데요? 이해가 안 가는군요."

공실이라는 건 결국 마이너스다.

돈을 그만큼 안 받으면 당연히 손실이 되어 버린다.

미래에 5억을 더 받기 위해 당장 돈을 안 받는다는 것은 멍청한 일이다. 더군다나 매각이 언제 될지조차도 알 수 없는 상황에서는 더더욱 말이다.

"판매가 되지 않는 경우는 줄어든 금액보다 공실로 인한 마이너스 금액이 더 커질 수도 있습니다만?"

"그걸 감안할 수 있으면 따로 관리 회사를 둘 필요가 왜 있겠습니까?"

노형진은 피식 웃으며 말했다.

"그리고 전에 말했다시피 한국에서는 문어발식의 확장이 많습니다. 그들에게 가격의 하락은 파산 그 이상입니다."

한 건물당 2억이 떨어지면, 다섯 채면 10억이 떨어지는 거다.

문어발식으로 대출을 끼고 산 건물들인데 그렇게 되면 사실상 그들은 망할 수밖에 없는 형태가 되는 거다.

"인터넷에 이런 농담이 있더군요. 대출 끼고 집을 사서 보니 내가 가진 지분은 화장실 정도고 나머지는 다 은행 거더라."

"하하하, 완벽하게 이해했습니다."

로버트는 웃음이 나왔다. 그건 미국도 마찬가지니까.

다만 그걸 체계적으로 관리하느냐 안 하느냐의 차이일 뿐이다.

미국이라고 몰락한 상권이 없겠는가?

일단 몰락하기 시작하면 방법이 없다.

"일단 그런 사람들에게는 제가 사고 싶은 생각이 없네요."

노형진은 어깨를 으쓱했다.

자기 욕심으로 장난친 거니 그 책임도 자기가 져야 한다.

"일단 주변에서 주거지역을 확보하는 것은 어려운 일은 아닌 것 같습니다만 문제는 회사를 정상화하는 것입니다. 이미 중국에서 와서 검사하고 가격까지 맞춰서 협상 중인데 말입니다. 마냥 시간을 끌 수도 없고요."

"알고 있습니다. 하지만……."

노형진은 턱을 문지르며 말했다.

"아마 조만간 일이 터질 겁니다."

자신의 기억이 맞다면 말이다.

문제는 그때까지 모든 생산 준비를 마쳐야 한다는 것이다.

"그렇게 오래 걸리지는 않을 겁니다, 후후후."

이미 선박이 멈추고 있다는 소문은 들었다.

당연히 모든 선사에서 안전 점검에 들어간 상황.

조만간 그 결과가 나올 것이다.

"우리는 때를 기다리면 됩니다."

미래를 대상으로 하는 인질극

"뭐라고! 지금 그게 무슨 말이야?"

"콘스타일호와 렉싱턴호 그리고 주비아호가 사용 불가 판정을 받았습니다."

이사진은 난리가 났다.

"지금 그 세 척이 모두 다 사용 불가 판정을 받았단 말인가?"

"그렇습니다. 정확하게 표현하면 글래드스톤호는 폐선 판정을 받았으니 네 척입니다만."

"우리가 가진 배가 서른 척일세. 그런데 그중에서 네 척이 폐선이라고?"

세계적인 운송선사인 블루선. 그 회의장은 심각하다 못해서 살벌하기까지 했다.

"아직 점검이 끝나지 않은 선박이 좀 있기는 합니다만."

"끝나지 않은……."

"최악의 경우, 여섯 척까지 늘어날 수 있습니다."

"여섯 척이라고 하면…… 잠깐만……. 그것들 모두 중국에 발주해서 받아 온 배들 아닌가?"

"그렇습니다."

몇 년 전 블루선이 확장하면서 그들은 중국에 선박을 주문해서 받아 왔다.

그리고 그것들을 바탕으로 세계적인 선박 회사로 자리 잡았다.

그 시기에 가지고 온 배가 정확하게 여섯 척이었다.

"장난하나!"

한국 같으면 세 척 정도 받아 올 수 있는 돈으로 그 두 배를 받아 올 수 있으니 당연히 선택은 중국이었다.

그런데 그중 네 척이 폐선이란다.

"아직 두 척은 결과가 나오지 않았습니다만……."

"결국 답은 뻔히 나와 있는 거 아닌가! 여섯 척 모두 쌍둥이선이잖아!"

한 개의 설계도로 만든 배들이다.

당연히 한쪽에 문제가 있다면 다른 쪽도 문제가 있을 수밖에 없다.

"그리고……."

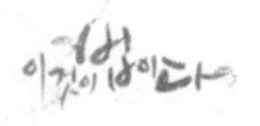

"그리고?"

"보험사에서 우리 선박에 대한 보험료를 300% 인상한다는 이야기가 나왔습니다."

"300%! 아니, 왜?"

"글래드스톤호가…… 문제가 있었던지라……."

만일 선박에 문제가 있으면 이를 보상해 줘야 하는 게 바로 보험사다.

더군다나 그 선박의 문제로 인해 화물 운송이 멈춰 버리면 그것도 배상해야 한다.

"보험사는 글래드스톤호로 인해 5억 달러는 손해 봤습니다."

폐선된 글래드스톤호의 선박값과 그 운송 과정이 미뤄지면서 발생한 화물사의 손해배상까지. 아무리 세계적인 보험사라고 해도 5억 달러는 절대 작은 돈이 아니다.

"더군다나 우리에게는 그런 선박이 다섯 척이나 남아 있기 때문에……."

즉, 너희 배는 언제 정지할지 모르니 그걸 감안해서 보험료를 계산하겠다는 거다.

"고정 손실 비용이 한 해에 최소 1억 달러 이상 발생할 것으로 예상됩니다."

"이렇게 될 줄 몰랐나!"

"중국의 기술이 이렇게까지 떨어질 거라고는……."

심지어 글래드스톤의 경우 중국의 기술자는 문제가 뭔지

조차도 알아내지 못했다.

“엔진만 바꾸는 건 안 되는 겁니까?”

이사 중 한 명이 심각한 표정으로 물었다.

그러자 직원은 고개를 저었다.

“일단 그런 곳이 많지 않습니다. 엔진을 바꾸면 그 동력축도 바꿔야 하는데 그러면 결과적으로 선박을 해체해야 합니다. 그리고 선박은 일단 해체했다가 새로 결합하면 아무리 잘 해체했다고 해도 결국 수명이 짧아질 수밖에 없습니다. 더군다나 중국에서 만든 선박들은 내구도 자체가 너무 약합니다.”

선박의 내구도는 강철의 강도와도 관련이 있다.

그런데 중국에서 사용한 강철은 상상 이상으로 약했다.

“그렇게 할 경우 엔진을 교체한다고 해도 자체 수명이 3년 이내라고 합니다.”

“3년이라고? 지금 그걸 말이라고…….”

회장은 어이가 없었다.

대책을 강구해도 쓸 수 있는 시간은 고작 3년 이내라면, 배가 여섯 척이나 한꺼번에 날아가게 생긴 꼴이다.

“현재 상황에서 해당 선박들을 다시 쓸 수 있는 방법은 없습니다. 더군다나 우리가 거래하는 주요 기업들이 미국 기업입니다.”

선박에 문제가 있다는 걸 알면서도 사용하다가 이번 사태가 다시 터지면 그때는 진짜 징벌적 배상과 손해배상까지 심각하게 뒤집어쓸 수도 있다.

"가장 현실적인 방법은 폐선 이후에 새로운 선박을 구입하는 겁니다."

모두들 침묵을 지켰다.

여섯 척의 배를 새로 구입하기 위해서는 몇 년 치 순이익을 꼬라박아야 하기 때문이다.

이런 초대형 선박들은 당연히 그 값어치가 어마어마하다.

"그나마 우리는 그랜드씨보다는 낫습니다."

"그쪽은 왜?"

"그쪽은 LNG선을 주문했는데 압력 계수가 안정되지 않는다고 합니다."

"미친."

LNG선은 일반적으로 반구형의 저장 공간을 가지고 있다.

그 형태가 압력에 제일 잘 버티기 때문이다.

그런데 그 압력이 구역별로 공정하게 전달되지 않으면 약해진 쪽으로 압력이 쏠려서 터져 나갈 수도 있다.

"지금 이건 우리만의 문제가 아닙니다. 이번 사태로 인해 몇몇 회사들이 비상 점검에 들어갔는데 대부분은 위험 판정을 받았다고 합니다."

모두 눈을 찌푸렸다.

사실 당연한 결과다. 자기네 배들이 다 이딴 식인데 다른 곳에 만들어 준 배들이라고 멀쩡할까?

"대부분의 선사에서 난리가 났습니다."

"중고로 파는 것은?"

"힘듭니다. 이미 선박의 문제가 심각하다고 소문이 다 난지라……."

더군다나 다른 선사가 바보도 아니고, 점검도 하지 않고 선박을 인수해 갈 리가 없다.

당연히 해당 선박들에 대해 조사할 테고, 그렇게 되면 운행 불가 판정이 나올 건 당연한 일.

"보강한다거나 하는 것은……."

"일부 골조의 문제가 아니라 전체적인 문제입니다. 보강해서 유지할 수 있는 수준이 아닙니다."

"끄응……."

블루선의 회장은 신음을 냈다.

"멍청한 놈 같으니라고."

전임 회장이 돈을 아끼려고 주문한 것이 결국 기업에 치명타를 안기게 생겼다.

일반적으로 선박 하나 만드는 데에는 3년이 걸린다.

즉, 5년 전에 주문해서 3년 만에 받고 2년간 운영한 것이다.

그런데 고작 2년 운영했는데 이 지경이다.

"계산대로라면, 그대로 운영한다면 적자를 피할 수 없습니다. 선박 1회 운용 시 대략 200만 달러씩 적자가 나옵니다."

"아니, 그 정도인가?"

"올라간 보험료에다가, 안전 문제가 있으니 매번 고강도의 점검을 받아야 하고, 더군다나 엔진 자체가 연료의 소비가 어마어마합니다."

엔진이 한국의 배보다 안 좋은 건 알고 있었다.

하지만 그래도 싼 가격에 구입하면 어떻게 될 줄 알았더니 이제는 그마저도 안 되게 생겼다.

"그리고 당장 운영한다고 해도 문제입니다. 아까 말씀드렸다시피 최대 관리 선령은 3년이 될 거라고 예상하고 있습니다."

즉, 그 돈을 들여 가면서 관리해서 운영한다고 해도 3년 후에는 바꿀 수밖에 없다는 거다.

"지금 주문해야 한다는 소리군."

"맞습니다."

"그러면 어디로 해야 하나?"

"한다면 결국 한국이 유력합니다."

"한국?"

"그렇습니다. 결국 좀 더 비싸더라도 기술이 좋은 곳으로 가야 합니다."

유럽의 경우는 제작비가 너무 많이 든다.

그건 미국도 마찬가지다.

일본의 경우는 한국과 비슷할지 모르지만 기본적인 기술

력이 한국보다 떨어진다.

"현실적으로 가장 가성비가 좋은 곳은 한국입니다."

"한국이라……."

"그리고 가능하면 빨리 결정하셔야 합니다."

"어째서 말인가?"

"선박의 주문에는 3년이 걸립니다. 그것도 생산에 바로 들어갔을 때의 이야기입니다. 다른 기업들 역시 중국산 선박 불량으로 새로운 선박을 제조하려고 한다면 당연히 늦게 계약하는 사람일수록 늦게 나옵니다."

제작에 3년이면 다음 생산분은 6년 후라는 소리가 된다.

그 시간이면 블루선의 지분을 모조리 털리고도 남는 시간.

"거기다가 정보에 따르면 한국의 선박 생산량이 감소될 거라고 합니다."

"그게 무슨 소리야?"

"미다스가 한성조선소를 구입해서 장비를 중국으로 팔아넘긴다고 했답니다. 이미 계약은 끝났고, 해당 조선소에 중국인들이 와서 감정하고 갔답니다."

"한성? 거기를 판다고?"

그렇게 되면 한국의 조선 생산량은 최소한 30%는 줄어들게 된다.

당연히 주문량은 더더욱 줄어들 테고, 이제는 6년이 아니라 9년을 기다리게 될 수도 있다.

"지금 당장 마이스터와 자리를 마련해 봐."

"마이스터와 말입니까?"

"미다스의 연락처 아나? 모르잖나? 그러니 어쩔 수 없지. 마이스터와 이야기해서 그걸 늦추는 수밖에. 최대한 빨리 선박을 주문하는 것으로 해야지!"

블루선의 회장은 이를 악물며 말했다.

"내가 앞으로 중국에다가 배를 주문하면 사람 새끼가 아니다."

그리고 그런 생각을 하는 사람들은 점점 많아지고 있었다.

⚖

"선박 주문 말입니까?"

"그렇습니다. 가능하면 빨리 주문하고 싶습니다만."

로버트를 찾아온 블루선의 담당자는 진땀을 흘리고 있었다.

"하지만 저희는 지금 선박을 만들 상황이 아닌데요. 저희 입장에서는 그 장비들을 팔아서 수익을 내기 위해 구입한 거라……."

"알고 있습니다. 알고는 있지만, 저희가 상황이 급해서……."

"블루선뿐만은 아니지요."

그래도 세계적인 투자회사인 마이스터가 그런 정보를 모를 리가 없다.

노형진의 말대로, 한번 터지기 시작한 문제는 줄줄이 터져 나가고 있었다.

다른 업종과 다르게 선박업이라는 것은 장기적 플랜이 절대적일 수밖에 없다.

빨라야 3년에 한 척 나오는 수준이니까.

당연히 3년 후에 대체하거나 당장 대체할 수 있는 선박을 구해야 하는데 그걸 감당할 수 있는 업체는 많지 않다.

"흠…… 솔직히 저희도 당황스러운 상황입니다. 저희가 한성을 구입한 것은 사실입니다만 이미 관련 정리가 끝난 상황이라서요."

관련 기술자에서부터 설계 전문가까지 모조리 해직한 상황이다.

그런 상황에 갑자기 주문이라니.

"어떻게 안 되겠습니까?"

"다른 기업에는 안 알아보셨습니까?"

"신성의 경우는 주문이 밀려서 가장 빠른 게 9년 후라고 합니다."

한국에서 거의 유일하게 굴러가던 곳인 만큼 문제가 생기자 가장 먼저 사람들이 몰려간 것이다.

"두한의 경우는 이제 계약이 체결되어서 인수인계 중인지라 제대로 제작에 들어가려면 몇 달 더 기다려야 하고요."

두한에서는 아슬아슬하게 두한조선을 매각했다.

결국 매각 이후에 정부 승인까지 받아서 입금까지 끝났는데 갑자기 사태가 이렇게 되면서, 두한에서는 땅을 치고 후

회하고 있다는 소문이 있었다.

"저희도 마찬가지입니다만."

"아예 정리되어 있는 게 새로 시작하기에는 빠르지요."

두한의 경우는 내부 정리와 함께 근무자의 배치 같은 것도 새로 해야 한다.

당연히 내부 반발이 있을 수밖에 없다.

'두한에서 그냥 두고 보지도 않을 것 같고 말이지.'

두한은 자신들이 속았다면서 길길이 날뛰며 계약 무효 소송을 걸겠다고 나서고 있다.

물론 소송한다고 해도 이길 가능성은 없다.

갑자기 이런 사태가 생긴 것뿐, 어떠한 징후도 보이지 않았고 심지어 자기들 스스로도 가능성이 없다 생각해서 매각을 결정한 거니까.

어찌 되었건 내분 문제가 해결되려면 시간이 좀 걸릴 수밖에 없다.

그러나 한성의 경우는 아예 제로이기 때문에 내분이고 뭐고 생길 것도 없다.

"이 부분에 대해서는 저희가 좀 고민해 봐야겠습니다."

"가능하면 한성에서 계속 선박을 제작해 주셨으면 합니다. 저희가 계속 주문해야 할 것 같으니."

자기들뿐만 아니라 다른 곳들도 마찬가지다.

그 양을 감당하려면 한국의 모든 조선소가 풀로 돌아가도 족히 10년은 기다려야 할 상황.

“진지하게 이야기해 보겠습니다.”

로버트는 새어 나오려는 웃음을 애써 감추며 악수를 청했다.

“중국은 난리가 났더군요. 기존의 계약 물량도 모조리 깨지는 모양입니다.”

“그럴 겁니다. 한번 믿음이 사라지면 누구도 더는 그런 자와 계약하려고 하지 않으니까요.”

중국의 대외적인 이미지는 ‘저가 상품’이다.

실제로 한국뿐만 아니라 어딜 가도 중국의 이미지는 그렇다.

그럼에도 불구하고 중국에 조선 주문이 밀려든 것은, 중국에서 막대한 지원을 하면서 조선업을 부흥시킨다고 했기 때문이다.

실제로 그러한 지원 덕분에 선박의 가격을 낮출 수 있었던 것이고.

“그들은 중국인들의 생각을 몰랐던 거죠.”

상식적으로 생각하면 국가에서 뭔가를 지원해서 성장시킨다는 개념은 그 안에 기본적으로 품질을 베이스로 깔고 간다.

아무리 그래도 명품은 아니지만 국가에서 쓸 정도의 선박 수준은 만들어 줄 것이라는 믿음이다.

사실 생각해 보면 20년 전 기술 수준으로 만든 배도 못해도 30년은 가는 것이 사실이니까.

"하지만 중국은 그 부분에서 마인드가 좀 다릅니다."

중요한 건 숫자이며, 일단 만들어 쓰다가 고장 나면 버리고 새로 사면 된다는 것이 중국의 소비 마인드다.

"다른 나라와 마인드가 다르군요."

"그걸 모른 거죠."

대표적인 예가 바로 중국의 공용 자전거다.

공용 자전거를 배치해서 사람들이 쓸 수 있게 해 놨는데, 한국이나 다른 나라라면 그렇게 사용하던 자전거가 고장이 나면 수리해서 쓸 것이다.

애초에 자전거라는 건 그렇게 쉽게 고장이 나는 물건이 아니거니와 고장 나는 부위도 사실 뻔하다.

90%는 체인과 기어니까 수리도 어렵지 않다.

"하지만 중국은 다르게 생각했지요."

수억대를 들여 만들어서 쓰다가 체인이 빠지면 버리고 새 걸 쓴다.

기술자 한 명만 있으면 그걸 고치는 데 몇 분이면 되는데 말이다.

"그게 그들의 기본 마인드이니, 그게 어디 가진 않죠."

당연히 그 마인드는 선박에도 적용된다.

대충 만들어서 쓰다가 고장 나면 버리고 새로 산다는 개념으로 접근하는 거다.

"더군다나 내가 쓸 것도 아니거든요."

그러니 더더욱 대충 만든다.

"필연적으로 이렇게 될 수밖에 없었다는 거군요."

"맞습니다."

이미 멈춰 버린 한성조선소다.

그런데 벌써 주문량이 스무 척을 넘어가고 있다.

이쯤 되면 회사를 다시 가동하지 않는 게 이상할 지경이다.

"하지만 바로 회사를 움직일 수는 없지 않습니까?"

"바로 움직일 수 있는 사람만 일단 쓰면 되지요."

"바로 움직일 수 있는 사람?"

"선박의 설계 전문가들은 고액 연봉을 받습니다. 하지만 그만큼 쓸 사람도 없지요."

"아!"

선박을 설계하는 것은 절대 쉬운 일이 아니다.

차라리 집을 설계하는 것이 더 편할 정도로 선박은 내부가 복잡하다.

전기와 동력, 동선, 화물의 위치 등을 다 감안해야 하기 때문이다.

"그런 사람들은 당연히 다른 직종으로 가는 게 쉽지 않습니다."

고액 연봉이지만 그만큼 자리가 많은 것도 아니니까.

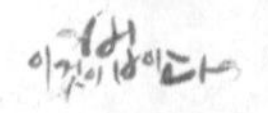

"더군다나 지금 전 세계에서 가장 많은 조선소를 가지고 있는 곳은 중국입니다."

즉, 한국 사람들이 거기에 가서 써 달라고 한들 써 주지도 않는 데다가, 써 준다고 해도 100% 팽당할 거라는 거다.

"그나마 영어가 자유로운 사람들은 해외도 노려 보겠습니다만."

그렇지 않은 사람들은 졸지에 백수가 되었다는 소리다.

"어차피 그들이 설계해 줘야 배를 만들 수 있습니다. 우리는 그사이에 선박의 제작 준비를 하면 됩니다. 설계만 해도 몇 달은 족히 걸리는 일이니까요. 기밀로 해서 설계한다면 외부에서 재가동 사실을 알 리도 없고요."

"노 변호사님은 언제나 계획이 있으시군요."

"언제나 계획이 있지요, 후후후."

⚖

한시령은 흔하지 않은 여성 선박 설계사다.

그런 그녀는 졸지에 백수 아닌 백수가 되어서 집에서 놀고 있었다.

"더 이상 돈 빌릴 곳도 없고."

한시령의 말에 남편인 조우신 역시 한숨을 쉬었다.

"이렇게 될 줄은 진짜 몰랐다."

조우신 역시 원래 조선업에서 근무하던 사람이다.

한 구역을 담당하던 구역의 장이었고, 그 때문에 두 사람의 연봉을 합하면 3억이 훌쩍 넘는 큰돈을 벌었었다.

당연히 그게 계속될 줄 알았는데 회사에서 잘린 후에 갈 곳마저 없어 버렸다.

"집이라도 내놔야 하나?"

"집 내놓은 사람이 어디 한둘이야? 은행에서 이제 여기 담보대출은 받아 주지도 않는 판국이라는데."

그나마 연봉이 세서 빚은 없었지만 당연히 돈이 계속 들어올 거라 생각했기에 많이 모아 두지도 않아서, 해직당한 후에 돈은 무섭게 줄어들었다.

다급하게 씀씀이를 줄였지만 그게 그리 쉽게 줄어드는 게 아니었다.

"신성은 충원 계획이 없다고 하고 두한 쪽은 어때?"

"거기는 난리잖아. 두한 쪽에서는 대룡에 소송한다고 하고. 그런 상황에 누구를 뽑을까?"

"그건 그렇지?"

한국의 조선 산업이 끝났다고 하는 상황이다.

그 때문에 두 사람은 잘린 지 벌써 2년이 지났다.

그 둘이 일하던 한성은 이미 매각되어서 해체되고 있다.

"이러지 말고 중국으로 가 볼까?"

"중국?"

"그래. 거기는 사람을 많이 구한다고 하던데."

"당신이야 그렇겠지만…… 하아."

그나마 선박 설계 전문가인 한시령의 경우는 받아 줄 수도 있지만 조우신은 그럴 가능성이 높지 않다.

그가 아무리 용접 기술자이고 한 지역을 담당하던 파트장이었다지만 그건 중국 사람들에게 중요한 게 아니었다.

"당신, 중국어 못하잖아."

"그래도 영어는 좀 하잖아."

"통역이라도 붙여 주려나?"

"그러기를 바라야지."

그렇게 고민하는 그때였다. 누군가가 현관 벨을 눌렀다.

"누구세요?"

-나야.

"어? 장 팀장님?"

고개를 갸웃한 두 사람은 일단 문을 열어 줬다.

그리고 안으로 들어오는 사람을 보고 한시령이 일단 고개를 숙였다.

"오랜만에 뵙네요."

"2년 만이지?"

"네. 어떻게 지내셨어요?"

장 팀장은 한시령이 일하던 설계 팀의 팀장이었다.

당연히 2년 전에 팀이 해체되면서 똑같이 해직당한 사람이다.

“나야 뭐…… 그냥…… 과일 좀 팔면서…….”

“아…….”

장 팀장도 사정이 좋은 건 아니었다.

일자리를 구하지 못해서 트럭을 사서 과일을 팔았지만 수입은 신통찮았다.

“그런데 어쩐 일로 여기 오신 거예요?”

통영을 벗어나서 다른 도시로 이사 갔던 그였기에 한시령은 고개를 갸웃했다.

“한 팀장이 연락이 안 된다고 해서 직접 왔지.”

“연락요? 아, 전화번호가 바뀌기는 했는데, 누가 찾는대요?”

“어디긴 어디야, 한성조선이지.”

“네?”

한시령과 조우신은 무슨 소리인가 했다.

“이거 이거, 완전히 까막눈이구만.”

“무슨 일 난 거예요? 한성조선은 해체하고 장비 모두 중국으로 넘긴다는 소리는 들었는데.”

“중국 배들이 문제를 일으켰어.”

“네? 중국 배들이요?”

“그래. 대량으로 운행 불가 판정을 받은 모양이야.”

한시령은 눈을 크게 떴다. 그건 듣지 못한 상황이니까.

“그래서 한성이 난리가 났네. 중국 배들이 운행 불가 판정을 받았다면 그만큼 생산을 해야 하지 않나?"

"설마……?"

"아직 한성이 장비를 매각한 것은 아니니까 사람만 있으면 바로 운영 가능하거든."

그중에서 가장 우선적으로 필요한 것은 다름 아닌 선박 설계자다.

"주문 중에 LNG선도 세 척이나 있나 봐."

"그거, 우리 팀 전문이잖아요?"

"그래. 그래서 회사에서 난리가 나서 전화했는데 전화를 받아야 말이지."

한시령은 얼굴이 환해졌다.

"그 말은……?"

"복직이야. 물론 자네가 원한다면 말이지."

"여보!"

한시령은 너무 좋아서 조우신의 손을 잡고 팔짝팔짝 뛰기 시작했다.

다시 한번 일할 수 있는 기회가 온 것이다.

"지금 회사에서 전화로 동원할 수 있는 사람은 다 동원하고 있어."

"그러면 저기, 저는……."

조우신 역시 혹시나 해서 물어봤다.

"그걸 왜 물어봐? 당연한 거 아닌가? 우리가 설계를 하면 누군가는 만들어야 할 거 아니야? 일단 설계 자체가 몇 달이 걸리니 일단 설계 팀부터 다급하게 모으는 거지, 제작 쪽 역시 슬슬 모을 거야."

얼굴이 환해지는 조우신.

드디어 자신도 일할 수 있게 될 거라는 생각에서였다.

"당장 돌아갈 준비를 하자고."

그들의 목소리에는 희망이 담겨 있었다.

⚖

"정보가 새어 나간 걸까요?"

로버트는 주변의 주택과 상가 시세를 보고 어이가 없어서 말이 안 나왔다.

"뭐, 일이 이 정도 되면 안 나가면 이상한 거죠."

중국 조선 산업의 몰락과 한국 조선 산업의 회생은 뉴스가 될 수밖에 없다.

당연히 언론에서는 신나게 그걸 보도했다.

애초에 기사화하지 말라고 할 수도 없는 사항인 데다가, 이런 국뽕 뉴스를 싫어할 사람이 얼마나 되겠는가?

"그래도 그렇지, 이거 너무한 거 아닙니까?"

한성이 다시 정상화된다는 소문이 돌자마자 주변의 땅값은 미친 듯이 올라가기 시작했다.

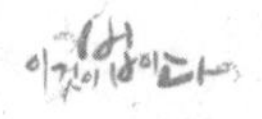

심지어 월세조차도 미쳐 날뛰었다.

"32평 빌라 기준으로 월세가 180만 원이라……."

한 치도 벗어나지 않는 인간들의 대응에 노형진은 혀를 끌끌 찼다.

"원래 가격이 120만 원이라고 하지 않았습니까?"

"맞습니다. 120만 원이었지요."

그런데 무려 50%를 한꺼번에 더 올린 것이다.

마치 그동안 못 번 것을 보충이라도 하겠다는 것처럼 말이다.

"지금 장난하는 것도 아니고."

연봉 1억이라고 해도 진짜 1억을 전액 받는 게 아니다.

연봉 1억은 한 달에 대략 800만 원을 받는다.

그리고 거기서 세금을 떼고 나면 600만 원 정도 된다고 보면 된다.

그런데 거기에서 무려 180만 원을 월세로 내라는 거다.

"심지어 텃세까지 부리는 모양이더군요."

"그 무슨 비상대책위원회인지 뭔지 하는 곳 말이군요."

"맞습니다."

한성매각대책위원회라는 걸 만들어서 계속 협상이라는 말도 안 되는 헛소리로 돈을 요구해 왔고, 그걸 무시하자 시장을 찾아가서 시위하거나 소송을 거는 등 별짓을 다 하던 놈들이 이제는 한성의 부활은 자기들의 공적이라면서 목에 힘주고 다시 돌아온 사람들에게 텃세를 부리고 있다고 한다.

아직 돌아온 사람이 그다지 많지 않은 상황에서 그들의 행동은 다음 미래를 너무 쉽게 예측하게 만들었다.

"웃긴 일이지요."

낮췄다가 떨어진 것도 아니다.

다시 살아날 테니 더 벌어야 한다는 게 저들의 마인드다.

"그러면 일단 구입한 건물에 입주하게 할 생각이십니까?"

"네? 아니요. 그것만으로는 부족합니다."

노형진은 빙긋 웃었다.

"돈을 벌었으니 그걸 도와주실 분이 한 분 있지요, 후후후."

⚖

"재건축 말인가?"

"재건축보다는 일반 건축이 맞기는 합니다. 하지만 그 규모가 좀 작다고 볼 수 있지요."

"규모가 작다라……."

"상황에 따라서는 빌라 아니면 소형 아파트 단지 같은 거라고 보시면 됩니다."

"조선소 주변의 주택 문제 때문이군."

"알고 계시는군요."

"자네만의 문제겠나?"

두한에서 속았다면서 소송을 걸었지만 그들이 이길 가능

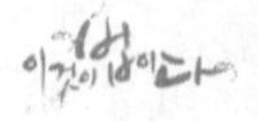

성은 없다.

당연히 대룡도 두한조선에 대한 정리에 들어갔다.

조만간 두한조선이 아닌 대룡조선으로 새롭게 태어나기 위해 말이다.

"그런데 주변에서 벌써 방세를 올리는 사람들이 있더군."

"두한조선은 한성보다 더 크니까요. 당연히 그런 놈들이 있겠지요."

그나마 한성의 규모는 세계 10위권 안쪽 수준이지만 두한조선은 세계 5위권 안쪽의 기업이다. 중국을 빼고 나면 세계 3위권 안까지 들어갈 수 있다.

"그러니 그들이 기회를 노리는 건 당연한 겁니다."

"이럴 줄 알았으면 우리도 땅을 좀 사 놓을 걸 그랬어. 그랬으면 직원들 집 문제가 좀 해결됐을 텐데."

유민택이 한탄하자 노형진은 갑자기 싱글벙글 웃으며 그를 바라보았다.

그 미소의 의미를 알아챈 유민택은 혀를 끌끌 찰 수밖에 없었다.

"이미 사 둔 건가?"

"당연하지요. 한창 쌀 때 싹 쓸어 놨습니다."

"하긴, 자네라면 그러고도 남지."

고개를 절레절레 흔드는 유민택.

"그러면 그런 땅에 집을 만들어 달라 이거군."

"대룡건설이 있으니까요. 그들을 동원해서 빠르게 올리면 된다고 생각합니다."

대룡건설은 한국에서도 제법 큰 건설 기업이다.

"구입한 토지가 충분할 경우에는 거기에 소형 아파트 단지를 만들어도 되지만 그렇지 않은 경우는 빌라 형태로 올릴 생각입니다."

"그리고 그걸 직원들에게 우선 분양하겠다 이거군."

"아니요. 분양 안 합니다."

"안 한다고?"

"분양해 주면 분명 그걸 팔 테고, 이후에는 그걸 산 놈이 월세를 가지고 장난칠 겁니다."

"그러면?"

"직원들에게 우선 임대할 생각입니다."

어차피 땅을 쥐고 있으면 노형진에게 손해는 없다.

각 지역의 땅값이 바닥을 친 상황에서 구입한 거니까.

"하지만 우리가 충분한 주택을 공급할 수 있다면 월세 가지고 장난치는 인간들은 코너에 몰릴 수밖에 없지요."

그리고 주거가 안정된다면 당연히 사람들은 더 쉽게 모여들 것이다.

"복지라는 건 단순합니다. 안정된 뭔가를 지원해 줄 수 있다면 그게 바로 복지입니다."

"하지만 그렇게까지 할 이유가 있나? 솔직히 그렇게 하지 않아도 많이 올 텐데.”

“그렇기 때문에 더 지원해야 한다고 생각합니다.”

“그렇기 때문에 더?”

“경쟁이라는 거죠. 제가 하고자 하는 건 단순히 집을 지원하는 게 아닙니다. 오고자 하는 사람들을 경쟁시키는 겁니다.”

조선업은 위험하지만 그만큼 돈이 되는 산업이다.

그러나 지난 기업들은 그 안에서 착취를 하고 기득권을 만들었다.

대부분의 사람들은 외주 직원이었고, 노조는 자기 사람들이 아니면 아예 받지를 않았다.

“기술력이 좋은 용접 기술자들이 여기에만 있는 건 아니죠. 하지만 그들은 오지 못했습니다. 내부의 기득권이 있으니까요.”

“그렇게 심했나?”

“조선업에서 가장 흔한 사고 중 하나가 뭔지 아십니까?”

“글쎄. 감전? 아니면 압사?”

“질식사입니다.”

“질식사?”

전혀 상관없어 보이는 사인이 노형진의 입에서 거론되자 유민택은 묘한 표정이 되었다.

배를 물속에서 만들지는 않는다.

당연히 질식사라는 건 이해가 안 갈 수밖에 없다.

"잘 만든 배는 구역별로 격리됩니다. 그래서 한 곳에서 구멍이 나도 절대 가라앉지 않는 거죠."

"그런가?"

"그렇습니다. 그런데 이게 문제가 됩니다."

배는 크고 인원은 많다.

용접해서 공간을 막다 보니 안에 사람이 있는 걸 모르고 그냥 용접해 버리는 경우가 종종 있었다고 한다.

"공장 자체가 시끄럽다 보니 배를 두들겨서 소리를 내도 듣지 못하는 경우도 있다고 합니다."

그러면 그 사람은 안에서 질식사하는 거다.

"말도 안 되는 소리. 인원 점검은 장난으로 하나?"

그런 사태를 대비해서 하는 게 인원 점검이다.

"그게 제가 기존 업체들을 배제하고 새로 인수한 이유입니다."

사실 노형진이 끼어들지 않아도 조선업은 살아날 수밖에 없었다.

하지만 노형진은 그들에게 맡길 수가 없어서 직접 구입한 것이다.

"인원을 가지고 장난치니까요."

서른 명을 보내고 예순 명 치 월급을 받는다.

더군다나 팀이 아니라 외부에서 계속 인력이 들어오니 사람의 얼굴이 익숙해지지 않는다.

즉, 사람이 비어도 티가 나지 않는다는 거다.

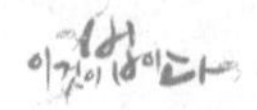

"으음…… 그런 건 몰랐군."

"몰랐지요. 그 때문에 제가 많이 고민했습니다."

사실 이 단순한 사고는 유민택의 말대로 인원 점검만 제대로 하면 결코 일어나지 않을 일이다.

아무리 막는다고 해도 결국 배 안에는 충분한 공간이 있기 때문에 하루 정도 숨 쉴 수야 있을 테니, 퇴근이나 교대할 때 확인만 제대로 했다면 그런 일은 벌어지지 않았을 것이다.

"하지만 워낙 출근을 안 해도 출근으로 기록하고 빼돌리는 경우가 많으니 결국 그런 사고가 난 거죠."

"으음……."

물론 중국에 한번 털리고 나서 좀 나아지기는 했다.

"그렇지만 중국이 영영 다시 일어나지 못할 거라고 보장할 수는 없는 일입니다."

이번에야 중국이 돈 욕심에 과도한 원가절감을 하는 바람에 벌어진 일이라고 할 수 있다.

하지만 10년 후, 20년 후에 중국이 어찌 될지에 대해서는 알 수가 없다.

"20년 전에, 한국이 일본을 이길 수 있다고 생각했던가요?"

그때만 해도 일본은 절대적 아성을 가진 강대국이었다.

한국이 아무리 노력해도 따라잡을 수 없는 나라였고, 그래서 친일파는 일본을 따라가야 한다며 난리를 피웠다.

"하지만 지금은 군사학적으로 본다면, 두 국가의 교전이 벌어지는 경우 70% 이상 한국이 승리한다고 다들 이야기합니다."

군사적인 문제뿐만이 아니라 경제적 부분에서도 한국이 일본을 따라잡았다고 이야기들 한다.

일본은 실질적으로 세계 유통 통화라는 부분 때문에 버틴다는 느낌이 강해졌다.

실제로도 노형진이 그렇게 만들었고 말이다.

"부패는 모든 것을 썩게 만들지."

누구보다 그걸 잘 아는 게 바로 노형진이다.

"그리고 부패한 세력은 절대 바뀌지 않습니다."

지금이야 아차 싶어서 정상화하는 것처럼 행동하겠지만 시간이 지나고 돈이 돌기 시작하면 결국 과거의 버릇이 나올 수밖에 없다.

"그래서 자네가 무리해서라도 산 거군."

"딱히 무리해서 산 것도 아닙니다. 하도 해 처먹은 게 많아서요."

더군다나 은행에 빚이 많아 그걸 넘겨받는 조건으로 구입해서, 그다지 큰돈이 든 것도 아니었다.

"이제 기업이 제대로 굴러가면 채무 변제를 우선으로 할 겁니다. 그러기 위해서 제가 이렇게 복잡한 과정을 거치는 거지요."

좀 더 살기 좋은 혜택을 준다면 사람은 이직을 쉽게 생각

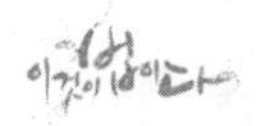

하지 않게 된다.

"이런 말씀 드리면 죄송합니다만, 저희 입장에서는 대룡도 경쟁 업체이니까요."

"하하하, 그렇지. 우리 조선소도 제대로 굴러가기 시작하면 그럴 거야. 당연히 신성조선 역시 그럴 테고."

전 세계의 조선 주문량이 폭증하게 되어 그게 한국으로 오게 되면 전문 인력은 턱도 없이 부족하게 될 것이다.

한국의 조선은 침체되어 있은 지 상당한 시간이 지났다.

그 때문에 그만둔 사람들도 많고, 그들 중 상당수는 나이를 먹어서 아예 복직을 못한다.

그렇다고 해서 젊은 사람들을 쓸 수만도 없는 게, 전문 기술이라는 게 배운다고 해서 금방 익숙해질 수 있는 게 아니기 때문이다.

당장 용접이라고 하면 그냥 땜질이라고 비하하는 사람들이 있지만 실력 있는 용접 기술자는 연봉 7천 이상부터 시작하는 것이 현실이다.

"하지만 기술을 가진 사람들을 키우는 건 어려운 일이지요."

양식 조리사 자격증을 딸 수 있다면 어지간한 식당에야 취업할 수 있겠지만 미슐랭 식당에서 일하려면 그 이상의 뭔가를 가져야 한다.

"중국이 망한 이유가 그거니까요."

전문 용접 기술자가 없으니 그냥 대충 용접 학원에서 배운 사람들을 동원하거나 현장에서 대충 가르쳐서 용접시켰고, 그 결과 배의 강도가 떨어진 것이다.

용접이라는 것은 단순히 조각들을 이어붙이는 것을 넘어서 전혀 다른 조각들을 하나로 만들어야 하는 과정인데 말이다.

"더군다나 한국의 기술직 혐오는 좀 심한 편이니까."

전문적으로 선박 기술을 배운 사람이 드물 수밖에 없다.

"아마 장기적으로 본다면 교육 시스템을 만들어야 할 겁니다."

"교육 시스템? 도제식 교육 말인가?"

노형진은 고개를 좌우로 저었다.

지금까지 그렇게 굴러왔다. 하지만 그것만으로는 너무 느리다.

"그걸로는 안 됩니다. 도제 시스템은 기본적으로 일을 하면서 배우는 걸 의미합니다. 그 말은, 배우는 사람이 선박 제작에 동원된다는 걸 의미하고요."

"아, 물건 자체에 하자가 발생할 수도 있겠군."

"맞습니다. 더군다나 그런 경우에 누군가는 계속 알려 줘야 합니다. 그러면 전문 기술자 한 명이 빠지는 셈입니다. 적당한 방식은 일종의 전문 기술 교육과정이라고 볼 수 있겠네요."

"인턴 같은 거 말인가?"

"적당하네요. 애초에 인턴의 목적이 그거였으니까요."

지금이야 인턴이라고 하면 쉽게 자를 수 있는 파리 목숨처지의 노동력을 뜻하지만, 애초에 인턴의 목적은 일하면서

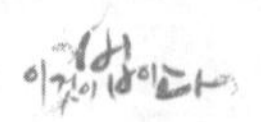

업무를 배우는 것이었다.

"인턴 기간에는 현장 근무보다는 원하는 곳에서 일하는 곳에 대한 교육을 주로 진행하려고 생각 중입니다."

모든 것이 다 그렇듯이 일을 시키다 보면 결국 재능이 있는 사람이 있다.

재능이라는 게 누군가에게는 단순 반복 업무이고, 누군가에게는 서류 업무이며, 누군가에게는 용접, 누군가에게는 도색 같은 것이다.

"그런 사람들은 정규직으로 돌리는 거죠."

정규직이 되지 못한 사람이라고 해도 그 기간 동안 충분한 교육을 받으면 외부에서 관련 기술을 써먹을 수 있는 정도의 수준은 될 것이다.

"하지만 기업 입장에서는 손해일 텐데?"

"그건 크지 않지요."

그저 그런 실력으로 용접을 하는 사람 열 명을 데리고 일하는 것보다 용접 마스터 세 명을 데리고 일하는 게 결과물이 더 확실하고 깔끔하게 된다.

실제로 용접 마스터라고 불릴 만한 사람들의 실력을 보면 거의 용접한 흔적 자체가 남지 않을 정도로 잘한다.

"그것도 재능입니다."

어차피 1년 내내 운영하는 것도 아니고 정해진 숫자가 되면 더 이상 운영할 필요도 없다.

다만 조선업의 미래를 위해서 지금은 투자가 필요한 상황.

"우리 쪽도 감안하겠네, 아무래도 우리 쪽 업무도 곤란해질 상황이니."

이미 자리 잡은 사람들은 오지 않을 테고, 정년퇴직할 나이가 된 사람도 오지 않을 것이다.

즉, 조선업의 전성기를 이끌던 사람들이 상당수 빠질 거라는 노형진의 예상은 정확했다.

"그리고 신성이 있으니까."

신성이 바보도 아니고, 이쪽에 전문 기술자들이 있다면 과연 스카우트 시도를 하지 않을까?

당연히 할 테고, 1년에 어느 정도의 유출은 감안해야 한다.

"그들을 잡는 복지 차원에서라도 주택 문제는 해결해야 합니다."

터무니없는 금액을 요구하는 자들에게서 이쪽 사람들을 보호하기 위해서라도 말이다.

"그리고 그걸 위해서는 마무리만 잘 지으면 될 겁니다."

"마무리?"

"네. 아마 조만간 마무리 지어 달라고 제 발로 오지 않을까요?"

노형진은 어깨를 으쓱했다.

그러자 유민택은 그 마무리라는 게 뭔지 궁금해졌다.

"주말 부부라고요?"

"정확하게는, 당분간은 기숙사 생활을 하셔야 한다는 겁니다."

"아니…… 그게 무슨 말씀이십니까? 저는 아이들과 아내가 있는 사람입니다."

과거에 한성조선에 다니다가 그만뒀던 백진학은 한성조선에 재입사를 하러 왔다가 황당한 조건을 들었다.

당분간은 기숙사 생활을 하면서 살아야 한다는 것이었다.

"설마 아이들을 버리고 와서 일하라는 겁니까? 뭐, 가족이 있으면 일 안 하고 놀려고만 한다 그런 거냐고요!"

아무리 돈이 좋아도 그건 있을 수가 없는 일이기에 버럭 화를 내는 백진학.

그러나 담당자는 그런 그를 진정시키며 미리 준비한 설명서를 내놨다.

사실 설명서라고 할 것도 없었다.

"이 주변 지역의 주택 가격입니다."

간단하게 정리된 서류였고, 백진학은 그걸 받아 들자마자 저절로 욕을 뱉어 내야 했다.

"이런 미친!"

자신이 이 근처에서 살았기에 대략적인 가격은 알고 있다.

그런데 시세가 죄다 50%는 올랐다.

"한성조선의 정상화 결정 이후에 주변에서 무차별적으로 시세를 올리고 있습니다."

"그런……."

"현재 한성조선은 그 상승분만큼의 임금 인상은 해 드릴 수가 없습니다. 주인이 바뀐 지 얼마 되지도 않은 데다, 들으셨는지 모르겠지만 애초에 정상 운영이 아니라 장비 매각을 목적으로 한 거래였으니까요."

그건 이미 소문이 다 난 상황이었기에 백진학은 고개를 끄덕거렸다.

"최대한 과거의 연봉을 맞춰 드리고 싶지만 아직은 시기상조입니다. 그 때문에 저희 쪽에서는 일괄적으로 과거의 연봉 기준으로 해서 10%의 감액을 한 상황입니다."

"그게 어디입니까."

10% 감액이라고 하면 대략 천만 원 정도를 감액한 거다.

"대신에 그에 상응하는 복지 혜택을 드릴 예정입니다만."

"집 문제가 심각하네요."

1억에서 9천만 원으로 줄어든 연봉. 그러면 한 달에 실수령액은 100만 원 정도가 줄어들게 된다.

"끄응……."

그 말은, 그가 받는 임금의 최소한 4분의 1은 월세로 나가야 한다는 걸 의미한다.

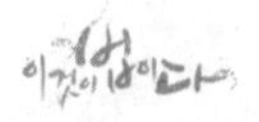

"직접적인 구매의 경우는 저희도 뭐라고 터치하지는 않을 예정입니다만……."

"하지만 저도 이 가격으로는 집을 사지 않을 것 같네요."

과거의 가격을 모르는 바도 아닌데 너무 오른 집값.

당연히 거래가도 거품이 잔뜩 끼어 있었다.

"그래서 회사에서는 근무자들의 경우 당분간은 기숙사 생활을 하도록 하고, 그사이 저희 쪽에서 직접 건물을 올려서 저렴한 가격에 공급할 생각입니다."

"저렴한 가격에요?"

솔깃한 백진학은 되물을 수밖에 없었다.

"얼마나 저렴하게……?"

"못해도 현재 거래가보다 30% 이상은 쌀 겁니다. 하지만 건물을 올리기 위해서는 시간이 좀 필요하다는 거죠."

즉, 그 기간 동안은 원한다면 기숙사를 제공하겠다는 것이다.

"다만 가족들은 못 들어옵니다. 기숙사니까요."

"아, 강제가 아니었나요?"

"강제는 아닙니다. 저희가 그럴 이유가 없지요. 한 사람이라도 더 필요한 상황인데."

"그 정도로 일이 많습니까?"

"현재 주문 들어온 선박의 수량은 스물네 척입니다."

"스물네 척요? 스무 척 정도라는 이야기는 들었는데."

"계속 늘어나고 있습니다."

"저희가 독Dock이 열두 개뿐인데요?"

그중 두 개는 수리용으로 빼놔야 한다.

선박은 한번 나가는 게 끝이 아니다. 계속 관리해 줘야 선령을 전부 쓸 수 있다.

"그러면 열 척이 건조가 가능하다는 건데."

사이즈나 용도에 따라 달라지겠지만 최소 3년의 기간은 잡아야 한다.

"그래서 이런저런 대응책을 찾고 있는 중입니다. 사실 안 온다는 분들도 많거든요."

"끄응…… 하긴 그러겠네요."

그도 아는 사람들에게 연락했지만 생각보다 복직하지 않겠다는 사람들이 많았다.

일단 연봉이 높았던 만큼 노후를 충분히 준비한 사람들은, 힘들고 고되고 위험한 조선업에 복직하고 싶지 않아 했으니까.

아무리 산업의 역군이니 뭐니 미사여구를 동원해도 이 업무는 극단적인 3D 업종에 들어간다.

힘들고 더럽고 위험하다.

한여름에 차 안에 누워 있으면 알게 된다, 철판이 달궈진 상태에서 그 안이 얼마나 찜통인지.

당연히 선박도 마찬가지다.

통째로 철판이고 태양에 뜨겁게 달궈진다.

그 안에서, 바람도 제대로 안 통하는데 불까지 써 가면서 일해야 한다.

'하긴 체력이 떨어지면 이 일도 못 하지.'

실제로 정년퇴직까지 버티는 사람들은 많지 않다.

체력이 떨어지기 시작하면 사고의 위험도 열사병의 위험도 높아진다.

인원을 감축한 지가 몇 년이 되었으니 당연히 나이 먹은 사람들은 돌아오지 않을 것이다.

"아마도 돌아오시면 백진학 씨가 팀장을 담당하게 되실 가능성이 높습니다."

"제가요?"

"그래도 복직하시는 경험자들 중에서는 근무 경력이 오래 되셨으니까요."

"하긴 그것도 그렇겠네요."

자신보다 근무 경력이 많은 사람들은 은퇴를 생각할 나이일 테니까.

팀장이 되고 승진한다는 말에 백진학은 심정이 더 뛰는 것 같았다.

"그러면 저만 당분간 와서 있으면 됩니까?"

"당분간입니다. 집이 완성되는 대로 가족이 있는 분들에게 우선 임대가 이루어질 겁니다."

백진학은 고개를 끄덕거렸다.

"그 정도라면 충분히, 하겠습니다."

가족을 위해서라면, 그는 잠깐의 외로움쯤은 이겨 낼 수 있었다.

"시장님이 어쩐 일이십니까?"

노형진은 자신을 찾아온 사람을 보고 미소를 지었다.

물론 그 이유는 안다.

하지만 그걸 알은척할 생각은 없었다.

"노 변호사님, 마이스터 쪽에 저희 의견을 좀 전달해 주십시오."

"어떤 의견을……?"

"세상이라는 게, 혼자서는 못 사는 곳 아니겠습니까?"

노형진은 시장의 말에 미소를 지었다.

대충 상황이 이해가 갔으니까.

'그러니까 쉽게 말해서, 좋게 말하면 민원이, 나쁘게 말하면 협박이 들어왔다 이 말이군.'

시장 같은 공무원은 임명직이 아니라 선출직이다.

다시 말해서 그 지역에서 그를 뽑아 주지 않는다면 권력이고 뭐고 다 잃게 된다는 의미다. 그래서 그들은 지역의 유지들에게 상당히 약한 모습을 보일 수밖에 없다.

'다수의 건물을 가지고 있는 사람이라면 충분히 지역 유지

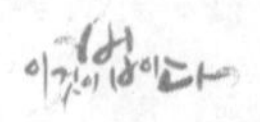

니까.'

더군다나 노형진의 계획이 외부에 드러난 상황인 만큼 그들은 미래에 벌어질 자신들의 몰락을 모르지는 않을 것이다.

실제로 대학교에서 기숙사를 지으려고 할 때마다 지역의 사람들이 극렬하게 반대해서 결국 불발되는 경우가 제법 많다.

기숙사가 생기면 임대업을 하는 사람들의 피해가 엄청나게 크기 때문이다.

"기업과 사회는 공존해야 한다고 생각합니다. 그런 면에서 지금의 상황은 이해가 안 가는 것이고요."

시장은, 눈은 웃고 있지만 그가 말하고자 하는 의미는 확실했다.

'허가를 내주지 않겠다는 거군.'

아예 건물이 올라갔다면 모를까 그런 것도 아니고 아직 건축 허가도 나지 않았다.

그런 만큼 시청에서 허가를 내주지 않는다면 재건축은 물론 입주도 당연히 못 한다.

실제로 그러한 이유 때문에 결국 수많은 대학교들이 기숙사를 포기할 수밖에 없게 되기도 했다.

"흠……."

노형진은 그런 시장을 보면서 미소를 지었다.

물론 개싸움을 하려고 한다면 할 수도 있다. 그러나 굳이 그럴 필요가 있을까?

전혀 필요 없다.

그걸 예상하지 못한 게 아니다. 다만 어이가 없을 뿐.

"그렇군요."

노형진은 고개를 끄덕거리다가 핸드폰을 들었다.

"잠깐 통화 좀."

"아, 네. 뭐, 그러시죠."

자신의 권한으로 허가를 안 내주면 그만이라는 생각에 시장은 무척이나 당당한 듯했다.

그러나 노형진은 그런 시장의 머리 위에 있는 사람이었다.

-이 시간에 어쩐 일인가?

"잘 지내셨습니까, 송정한 의원님."

송정한 의원이라는 이름이 나오자 시장의 눈은 휘둥그레졌다.

-나야 잘 지내고 있네만.

"저는 잘 못 지내고 있어서요."

-잘 못 지내?

"여기 시장 한 분이 합법적인 건축 업무에 대해 승인을 못 내주겠다고 협박하시네요."

-그게 무슨 말인가?

송정한은 비록 그 경험은 짧지만 주요 대선 후보로 추천받고 있는 사람이다.

그런 그와 설마 대놓고 통화할 줄은 몰랐던 시장은 눈빛이 심하게 떨렸다.

"말 그대로입니다. 저희가 한성조선소의 정상화를 위해 근무자들을 위한 주거 시설을 만들려고 했는데요, 시장님께서 그건 곤란하다시네요."

-지금 농담하나?

이 지역 시장의 당은 다름 아닌 민주수호당.

그러니 이 통화가 당연히 시장에게는 심각한 문제로 다가갈 수밖에 없다.

"그래서 말인데요, 아무래도 역시 계획대로 한성의 장비는 중국으로 넘겨 버리는 게 나을 것 같습니다. 아시지 않습니까? 마이스터는 시끄러운 거 별로 안 좋아합니다."

"무, 무슨! 꼭 그렇게까지……!"

다급하게 말을 자르는 시장.

그러나 노형진은 그런 그의 말을 끝까지 듣지도 않았다.

"애초에 장비를 팔려고 산 겁니다. 지금 팔아도 저희는 손해가 없습니다만."

"하지만 선박 제조로 인한 수입이……."

"마이스터가 그깟 푼돈에 연연할 것 같습니까? 그것도 한 번에 몇 년씩 걸리는 일인데? 뭐, 지금이야 조선업이 잠깐 활황으로 돌아온다고 해도 중국의 조선 기술이 계속 낙후되어 있을 거라는 보장도 없고요."

노형진의 말에 시장은 아무 대꾸도 하지 못했다.

'사실 이런 말은 의미가 없기는 해.'

당장의 수익? 미래의 가치?

그런 건 정치인에게는 그다지 타격이 안 간다.

물론 진짜로 그렇게 된다면 그가 낙선하는 건 확실하다.

대놓고 이루어진 시장의 협박에 더 이상 기업 운영을 할 수 없다고 말해 버리고 나가면 그 누가 그에게 표를 주겠는가?

'하지만 내가 그럴 필요가 있나?'

원한다면, 자신에게 어떠한 피해도 입지 않고 피해를 줄 수 있다. 웃으며 해결할 수 있는 일을 굳이 피해를 입으면서 해결할 필요는 없다.

"이 지역구의 의원이 누구였죠?"

간단한 질문.

—조경선 의원이군.

간단한 답변. 그러나 그것만으로도 시장의 멘탈을 날려 버리기에는 충분했다.

"그분한테 은퇴 준비하라고 전해 주시겠습니까?"

—그렇게 하지.

송정한은 더 이상 묻지 않았다.

명백하게 협박이기는 하다. 하지만 다 그럴 이유가 있다고 생각했기 때문이다.

노형진이 이유도 없이 협박을 하지는 않을 테니까.

그리고 이유가 있다면 나중에 설명해 줄 것이라는 것도 말이다.

“노 변호사님!”

시장은 바로 돌변해서 무릎을 꿇었다.

이미 돈이 투자된 이상 절대 벗어나지 못할 거라 생각했다. 그리고 앞으로 어마어마한 수익을 낼 수 있는데 그렇게 모든 걸 팔아 버리려 들 거라는 생각도 못 했다.

그러다 보니 자신의 권력이 어마어마하다는 착각에 빠졌고, 그 착각 속에서 자신의 힘이면 노형진이 건축하는 걸 포기시킬 수 있을 거라 생각했다.

“안 봐도 뻔하지요. 그들의 지원을 받으며 그들의 정치자금으로 선거하고 또 당선되었겠지요.”

그는 이곳에서 벌써 3선째다.

당연히 그 과정에서 막대한 정치자금을 받았을 것이다.

“제가 설마 한성에서 돈을 받은 걸 모를 거라 생각했습니까? 한성의 사람들이 이야기하지 않던가요?”

그걸 덮고 넘어가는 대신에 그만큼을 깎아 줄 수밖에 없었던 한성의 사람들이다.

“저는 그러려고 했지요. 저만 건드리지 않았다면 말입니다.”

노형진은 차갑게 말했다. 입은 웃고 있지만 눈은 마치 서리가 내린 것처럼 차갑기 그지없었다.

“아니, 저는 그냥 민원을 받아서…….”

“민원이라……. 그럴 리가요. 내가 당신 생각을 모를 줄

압니까?"

한성이 제대로 다시 굴러가기 시작하는 것 같으니까 어떻게든 자신의 힘을 자랑하고 그 대가로 적당한 정치자금을 받는 것이 그의 목적이었을 것이다.

"그렇게 돈을 받으면 또 당선될 수 있을 거라고 생각했겠지요. 그리고 당신은 아무것도 안 한 주제에 한성의 재가동을 성공시켰다고 자랑했을 테고요."

민원이라는 이름으로 포장해 결국은 본인의 욕심을 채우려고 했을 것이다.

"저는 이 모든 걸 그냥 넘어가려고 했습니다. 계약은 계약이었으니까. 하지만 그렇다고 해서 저를 건드리는 사람까지 굳이 보호할 생각은 들지 않는군요."

시장은 침을 꿀꺽 삼켜야 했다.

직감적으로 느낄 수 있었다, 자신의 정치생명뿐 아니라 모든 것이 끝났음을.

"시장은 일신상의 이유로 사퇴했습니다."

"그랬겠지요."

노형진이 송정한에게 한 말을 바로 전달받은 조경선 의원은 화가 머리끝까지 나서 달려왔다.

그리고 사람들이 보든 말든 시장의 뺨을 때렸다.

그런 수모를 당하면서도 시장은 결국 아무런 말도 하지 못했고, 돌아가서 얼마 지나지 않아 사퇴를 결정했다.

"아마도 당 차원에서 결정한 것 같습니다."

"그럴 겁니다. 다 같이 죽을 수는 없으니까요."

시장의 잘못이라고 변명해 봐야 노형진에게 먹히지 않을 거라는 건 알 테니까.

다만 빠르게 손절하는 경우 조용히 넘어간다는 걸 알기에 당에서는 어마어마한 압력을 가했을 것이다.

"일단 조선소는 멀쩡하게 굴러가기 시작했습니다."

설계도는 거의 완성 단계고 자재 공급도 시작되었다.

"2주 안에 첫 번째 선박의 제작이 시작될 겁니다."

"당분간은 한국이 전 세계 조선업을 호령할 겁니다."

"그럴 것 같더군요. 지금도 중국 선박이 계속 문제를 일으키고 있다고 합니다."

그런 상황인 만큼, 못해도 20년 이상은 한국이 세계 최대의 조선 강국이 될 것이다.

"이 모든 걸 예상하시다니. 저는 진짜 모르겠습니다."

"예상이라기보다는 계산의 결과죠."

"계산의 결과라고요?"

"그렇습니다. 중국의 기술과 개념에 대한 질문과 일본에 대한 질문 등등, 모든 것을 확인하고 그 결과를 도출한 거죠."

"분석이라는 말씀이군요. 하지만 전 세계의 전문가들이 다 그렇게 분석을 했을 텐데요?"

한국의 조선 산업이 다시 일어날 거라고 생각해서 투자한 것은 노형진뿐이었다.

"믿음의 문제죠."

"믿음?"

"세상에 믿을 놈이 하나도 없다는 게 바로 변호사의 인생 아니겠습니까?"

누구도 믿지 않기에 객관적으로 보이는 것만 믿는다.

최소한의 바닥이라는 건 없다.

그걸 변호사 생활을 하면서 알 수밖에 없는 게 현실이다.

"세상에 믿을 놈 하나 없다라……. 변호사 생활이 그다지 행복한 삶은 아닌가 보네요."

"하지만 믿음을 주면서 행복을 느낄 수는 있지요."

"믿음을 준다라……."

"이제 한국의 조선 산업은 믿음의 대명사가 될 테니까요."

받는 게 아니라 주는 데서 나오는 행복.

"그것도 나쁘지 않습니다."

노형진은 자신 있는 목소리로 말했다.

다음 권으로 이어집니다

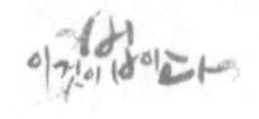

ROK
MEDIA
로크미디어